Tucholsky Wagner Zola Scott Sydow Freud Schlegel
Turgenev Wallace Fonatne Fouqué Friedrich II. von Preußen
Twain Walther von der Vogelweide Freiligrath Frey
Weber Kant Ernst Frommel
Fechner Fichte Weiße Rose von Fallersleben Richthofen
Engels Fielding Hölderlin
Fehrs Faber Flaubert Eichendorff Tacitus Dumas
Maximilian I. von Habsburg Fock Eliasberg Ebner Eschenbach
Feuerbach Ewald Eliot Zweig Vergil
Goethe Elisabeth von Österreich London
Mendelssohn Balzac Shakespeare Dostojewski Ganghofer
Trackl Lichtenberg Rathenau Doyle Gjellerup
Stevenson Hambruch Droste-Hülshoff
Mommsen Tolstoi Lenz Hanrieder
Thoma von Arnim Hägele Hauff Humboldt
Dach Verne Hagen Hauptmann Gautier
Reuter Rousseau
Karrillon Garschin Baudelaire
Damaschke Defoe Hebbel
Descartes Hegel Kussmaul Herder
Wolfram von Eschenbach Dickens Schopenhauer Rilke George
Bronner Darwin Melville Grimm Jerome
Campe Horváth Aristoteles Bebel Proust
Bismarck Vigny Barlach Voltaire Federer Herodot
Gengenbach Heine
Storm Casanova Tersteegen Gilm Grillparzer Georgy
Chamberlain Lessing Langbein Gryphius
Brentano Lafontaine
Strachwitz Claudius Schiller Kralik Iffland Sokrates
Katharina II. von Rußland Bellamy Schilling
Gerstäcker Raabe Gibbon Tschechow
Löns Hesse Hoffmann Gogol Wilde Gleim Vulpius
Luther Heym Hofmannsthal Morgenstern
Roth Klee Hölty Goedicke
Heyse Klopstock Kleist
Luxemburg Puschkin Homer Mörike
Machiavelli La Roche Horaz Musil
Navarra Aurel Musset Kierkegaard Kraft Kraus
Nestroy Marie de France Lamprecht Kind Kirchhoff Hugo Moltke
Laotse Ipsen Liebknecht
Nietzsche Nansen Ringelnatz
Marx Lassalle Gorki Klett Leibniz
von Ossietzky May vom Stein Lawrence Irving
Petalozzi Knigge
Platon Pückler Michelangelo Kafka
Sachs Poe Liebermann Kock
de Sade Praetorius Mistral Zetkin Korolenko

Der Verlag tredition aus Hamburg veröffentlicht in der Reihe **TREDITION CLASSICS** Werke aus mehr als zwei Jahrtausenden. Diese waren zu einem Großteil vergriffen oder nur noch antiquarisch erhältlich.

Symbolfigur für **TREDITION CLASSICS** ist Johannes Gutenberg (1400 — 1468), der Erfinder des Buchdrucks mit Metalllettern und der Druckerpresse.

Mit der Buchreihe **TREDITION CLASSICS** verfolgt tredition das Ziel, tausende Klassiker der Weltliteratur verschiedener Sprachen wieder als gedruckte Bücher aufzulegen – und das weltweit!

Die Buchreihe dient zur Bewahrung der Literatur und Förderung der Kultur. Sie trägt so dazu bei, dass viele tausend Werke nicht in Vergessenheit geraten.

Meeresstille und hohe See

Heinrich Smidt

Impressum

Autor: Heinrich Smidt
Umschlagkonzept: toepferschumann, Berlin

Verlag: tredition GmbH, Hamburg
ISBN: 978-3-8424-1395-5
Printed in Germany

Ziel der TREDITION CLASSICS ist es, tausende deutsch- und fremdsprachige Klassiker wieder in Buchform verfügbar zu machen. Die Werke wurden eingescannt und digitalisiert. Dadurch können etwaige Fehler nicht komplett ausgeschlossen werden. Unsere Kooperationspartner und wir von tredition versuchen, die Werke bestmöglich zu bearbeiten. Sollten Sie trotzdem einen Fehler finden, bitten wir diesen zu entschuldigen. Die Rechtschreibung der Originalausgabe wurde unverändert übernommen. Daher können sich hinsichtlich der Schreibweise Widersprüche zu der heutigen Rechtschreibung ergeben.

Meeresstille und hohe See

Novellen

von

Heinrich Smidt

Heinrich Smidt.

Der Mann, dessen köstliche Seegeschichten die ›Rheinische Hausbücherei‹ der Vergessenheit entreißen will, hat sich, auch von seinen poetischen Leistungen abgesehen, ein volles Anrecht auf die Dankbarkeit der Gegenwart erworben, deren stolzeste Errungenschaft eben der Ausbau einer mächtigen deutschen Kriegsflotte ist.

Als im Schicksalsjahre 1848 die besten Patrioten nach der alten Krönungsstadt am Main strömten, um als Vertrauensmänner und Beauftragte ihres Volks das Elend der Bundesverfassung zu beseitigen und eine würdigere politische Daseinsform für eine so ehrenreiche und große Nation zu finden, empfand man nichts so schmerzlich als die völlige Ohnmacht des Vaterlands zur See. Grade die Freiheitskämpfer jener Tage, die Herwegh und Freiligrath, hatten in schwungvollen Versen daran erinnert, daß noch aus der Hansa Zeiten deutsche Helden auf dem Grunde des völkerbefreienden Meeres schliefen und hatten im Traume ein deutsches Geschwader erblickt, von dessen Masten viel tausend Wimpel in den geliebten schwarz-rot-goldenen Farben wehten. Mit deutscher Gründlichkeit beschäftigten sich fortan die Tagesblätter, die Zeitschriften und zahlreiche Flugschriften in kurzen und langen Darlegungen mit der Lücke in der deutschen Wehrrüstung. Zugleich bemerkte man mit Erstaunen, daß die heimische Handelsflotte, die so völlig des militärischen Schutzes entbehrte, an Stärke nur hinter der Flagge Englands und der Vereinigten Staaten zurückbleibe. Wie traurig es aber um die deutsche Seegeltung bestellt sei, das offenbarte sich in eben jenen Tagen, als 1848 der dänische Krieg ausbrach und aller Herzen zur Teilnahme an dem Schicksale der schleswig-holsteinischen Volksgenossen hinriß. Schutzlos waren unsere Schiffe, einerlei ob sie den Mittel- und Kleinstaaten oder dem waffenstarken Preußen angehörten, den dänischen Fregatten preisgegeben, die sie als gute Prise nach Kopenhagen führten und alsdann die Mündungen der deutschen Ströme sperrten.

Es ist bekannt und soll hier nicht weiter verfolgt werden, wie sich gegen diese Schmach gleichmäßig in Süd und Nord der Nationalstolz aufbäumte und wie sich die wackern Männer der Paulskirche mit rastlosem Fleiß und mit Geschick die Gründung einer Flotte angelegen sein ließen. Schon im Sommer des nächsten Jahres verfügte man über eine schlagfertige wohlbemannte Flotille von Dampfkriegsschiffen und Kanonenbooten, nach dem Urteil Sachverständiger genügend, um eines Feindes, wie etwa der Dänen, sich zu erwehren, beider aber war inzwischen die Flut nationaler Begeisterung verrauscht, so daß auf Beschluß der Bundesversammlung im Frühjahr 1852 die mit so hohen Erwartungen ausgerüsteten Schiffe, dem deutschen Namen zur Schmach, meistbietend versteigert wurden.

Wie begreiflich, hatte sich die Marinekommission, die unter des klugen Kaufherrn und damaligen Reichsministers Duckwitz Vorsitz tagte, meist aus Hanseaten und Männern von der Wasserkante rekrutiert. Der Name Heinrich Smidt begegnet nicht darunter, wohl aber machte das Sturmjahr 1848 auch in seinem Leben Epoche. In Berlin, wo er bis dahin Journalist und freier Schriftsteller gewesen war, griff man auf seine Erfahrung zurück und berief ihn 1848 zum Mitglied der neuerrichteten Marineabteilung im Kriegsministerium, durch deren Einsetzung Preußen den ernsten Beschluß bekundete, sich aus eigner Kraft eine Kriegsmarine zu schaffen.

Seine Kenntnisse in Seesachen aber hatte Smidt bereits in jungen Jahren erworben. Geboren in Altona am 18. Dezember 1798 hatte er gleich nach der Konfirmation die Stadtschule verlassen, um als Kajütenjunge an Bord zu gehen. Mit Lust und Liebe hing er an seinem Berufe und nicht nur mit begreiflicher Neugier, sondern mit innerem Interesse nahm er die Wunder des Meeres in sich auf. Freilich auch die Kehrseite des damaligen Matrosenlebens hat er bitter empfunden. Noch sehr viel später klagte er, daß während der ganzen Dienstzeit ihn niemals einer der Schiffsoffiziere zu einer wissenschaftlichen Tätigkeit ermuntert hätte. Im Gegenteil sei er wegen Zeitverlust gescholten und verspottet worden, wenn einmal der Zufall ihm ein Buch in die Hände führte. Ein unbarmherziges Hänseln fing dann gleich an und der Märtyrer der Wissenschaft konnte froh sein, wenn das Buch über Bord flog oder sonst verschwand, damit die Geschichte nur endlich vergessen werde. Um so ehrenwerter, daß der junge Smidt das Examen als Steuermann erster Klasse machte. Neun Jahre hindurch fuhr er auf allen Meeren und lernte wenigstens drei Weltteile ordentlich kennen. Dann trieb es ihn in die schleswig-holsteinische Heimat zurück, wo er in Eile seine Schulkenntnisse vervollständigte. Er studierte dann zunächst in Kiel und später in Berlin dem Namen nach Rechtswissenschaft, sehr bald aber hielten ihn seine literarischen Neigungen ausschließlich gefangen. Schriften mannigfachen Inhalts flossen in langer Reihe aus seiner Feder. Man hat aber das Gefühl, daß er nur dann so recht mit Leib und Seele bei der Sache ist, wenn er aus dem reichen Born seiner Jugenderlebnisse schöpft oder das Kauffarteiwesen jener Zeit in der Form der Novelle oder der größeren Erzählung dem Leser nahe bringt.

Von den Aufgaben des Seemanns und von seinen Pflichten dachte Smidt, der übrigens noch stets in Gang und Haltung den alten Kapitän verriet, wahrhaft hoch. Bei seiner großen Produktivität ließ er etwa seit dem Anfang der dreißiger Jahre des vorigen Jahrhunderts fast jährlich ein Buch erscheinen, von denen die meisten mit Recht der Vergessenheit anheimfielen, die aber damals auf das wirksamste dazu beitrugen, jenen Enthusiasmus für unser Seewesen zu wecken, der bereits 1848 wie mit Naturgewalt hervortrat und auch bis zur Gegenwart niemals versagte, wenn es galt, von der Nation neue, schwere Opfer für ihre Seegeltung zu fordern.

»Glaubt nur«, so ruft er einmal voll stolz aus, »es gibt kein Volk, das eifriger im Seewerk ist, als das deutsche. Diese Besonnenheit, diese Ausdauer suchen ihresgleichen. Wenn wir nicht, wie andere seebefahrene Nationen, unter unseren Schiffern einen Nelson, einen de Ruyter oder Tordenskjold finden, welche sich durch ruhmreiche Taten die Glorie der Unsterblichkeit errangen, so liegt es nur daran, daß wir keine Kanonenschiffe haben, an deren Bord allein die See-Lorbeeren wachsen. Der deutsche Seemann ist, so gut wie jeder andere, der höchsten Ausbildung fähig. Man gönne ihm nur Mittel und Wege«. Daß es mit der Ausbildung allgemein besser geworden sei, gab Smidt gern zu, aber dennoch schien ihm noch viel zu tun übrig: »Es sind von fleißigen Händen Samenkörner ausgestreut und hier und da ist die Saat, wenn auch spärlich, aufgegangen. Ich habe die meinen nicht müßig in den Schoß gelegt, ich will sie auch ferner rühren und fortarbeiten am großen Werk.« Allein aber vermöge er nur wenig auszurichten, daher wendet er sich immer und immer wieder mit beweglichen Bitten an die Reeder, indem er vor allem die Ansicht bekämpft, als ob die geistige Förderung der Schiffsmannschaft die Disziplin gefährde. Ganz im Gegenteil: das junge

Volk wird seine Offiziere dann nicht allein fürchten, sondern auch lieben lernen. »Der Leichtmatrose, der die geistigen Brosamen sammelt, die von Euerm Tische fallen, wird nie ein unbändiger roher Bootsmann werden. Vor der Hand aber, meine Herren, die ihr die Macht in Händen habt, fangt getrost an, auf Euern eigenen Decks, nur um des eigenen Nutzens willen, für die sittliche und moralische Haltung Eurer Leute zu sorgen. Überall stehen Kajütenwächter, Jungmänner, Leichtmatrosen und wie sie sonst heißen mögen und falten bittend die Hände zu Euch empor. Laßt sie nicht vergebens bitten«.

Den entscheidenden Fortschritt aber erwartete Smidt auch in der Hinsicht von seinem Adoptivvaterland und dem Ausbau seiner Kriegsmarine. Mit Genugtuung stellt er fest, daß das immer mehr die Meinung der intelligenteren Köpfe werde, und bald nach Abschluß des Vertrags zwischen Oldenburg und Preußen über Abtretung des Terrains für die Anlage von Wilhelmshaven spricht er von dem reichen Segen für die ganze Handelsmarine Deutschlands, der in kürzester Zeit von dem Jadebusen ausgehen werde.

Und wenigstens die Vollendung und Einweihung dieses ersten großen preußisch-deutschen Kriegshafens, die in feierlicher Weise von König Wilhelm im Sommer 1869 vollzogen wurde, hat der alte Seefahrer noch erleben dürfen. Wenige Monate darauf, am 3. September, starb er zu Berlin, wo er zuletzt Archivar und Bibliothekar im Kriegsministerium gewesen war.

Fragt man nun, worin der eigentümliche Reiz der Seegeschichten Heinrich Smidts, die ihm den ehrenden aber über das Ziel hinausschießenden Namen eines deutschen Marryat eintrugen, bestanden habe, so wird man zunächst den kräftigen manchmal pathetischen Fluß seiner Erzählung und seine rege Phantasie nennen. Hinzukommt die glückliche Gabe, fremde Völker und Länder in der üppigen Pracht ihrer Landschaft naturgetreu zu schildern. Besser noch als die Angehörigen fremder Zonen gelingen ihm aber doch die schwerflüssigen Söhne der schleswigholsteinischen Küsten: Die Fischer und Matrosen, die Steuerleute und Kapitäne. Dann verfolgt er mit Vorliebe das Schicksal der Seeleute, die des anstrengenden Seelebens müde sich irgendwo einen Ruheposten gesucht, sei es als Wärter am Hafendamm, als Jollenführer oder als Kneipwirt in der

Hafenvorstadt oder aber in der verschwiegenen Düne, wo Schleich-
händler ihr Wesen treiben. Das Schiff selbst, die kleine Welt des
Matrosen, führt er uns in allen seinen Teilen und mit seinem ganzen
Gerät mit der Liebe eines niederländischen Kleinmeisters vor. Wir
nehmen teil an den Leiden der Auswanderer, die im Zwischendeck
zusammengepfercht von Bremerhafen dem Lande vermeintlicher
Freiheit entgegenfahren; wir erfahren, wie man bei den Mannschaften über die Offiziere und in der Kajüte über die Matrosen denkt
und spricht. Not und Tod, die Leiden der Quarantäne und der
Windstille, die Gefahren des Sturmes und des Feuers sowie des
Aufruhrs der Mannschaft erleben wir mit. Ja auch in ferne, vergan-
gene Zeiten folgen wir Smidt in seinen Novellen. Er zeigt uns den
norddeutschen Kaufherrn und Reeder der früheren Jahrhunderte,
vor allem aber weilt er mit Vorliebe bei den ruhmreichen Tagen, da
Friedrich Wilhelm, der große Brandenburger, dem Ziel einer tüchtigen norddeutschen See- und Kolonialmacht schon so nahe gekommen zu sein schien. Aber auch andere Seehelden gelten ihm als
Muster; viel gelesen und hochgeschätzt wurde namentlich sein
Leben de Ruyters, der es mit seinen edlen echt germanischen Eigen-
schaften ihm wie jedem Deutschen angetan hat!

Bei den Kennern der zeitgenössischen Literatur begegnete Smidts
Erzählungskunst ungeteiltem Beifall. Man fand, daß echte Seeluft
drin wehe, freute sich des frischen Humors und der ungewöhnlich
realistischen Kleinmalerei. Vor allem aber: man fühlte, daß es ihm
Herzenssache war, die Fülle seiner Erlebnisse mit reichem Zusatz
seiner freien Phantasie heraufzuschwören.

In der berühmten literarischen Gesellschaft zu Berlin, dem ›Tun-
nel‹, dem er angehörte, lasen die Mitglieder einander ihre literarischen Erzeugnisse vor. Da sah man denn häufig auch Smidts breit-
spurige Gestalt nach dem Tisch des Vorlesers hin wanken und
mancher seufzte: »Schon wieder eine Seenovelle!« Aber es währte
nicht lange, und der kräftige, wirkungsvoll modulierte Vortrag
hatte selbst den Widerwilligen mit fortgerissen, die Echtheit der
äußeren und inneren Stimmung, die drastisch erfundene Handlung,
der frische Meeresgeruch, der aus dem Dialog wehte, das alles
nahm die Zuhörer gefangen. Paul Heyse, dem man diese Kunde
verdankt, fügt hinzu: »Uns dünkt, daß Heinrich Smidts Seeromane
zumal für jüngere Leute eine erfreulichere Lektüre sein müßten, als

die heutige Generation zu glauben scheint, und eine neue Ausgabe in zweckmäßiger Auswahl möchte wohl an der Zeit sein«.

Diese schönen Worte der Anerkennung finden auf die Gegenwart, die sich mehr und mehr von den Zuständen entfernt, die Smidt mit so glücklichem Griffel festgehalten hat, erst recht ihre Anwendung. Die ›Rheinische Hausbücherei‹ hat aus zweien seiner besten Novellensammlungen eine geeignete Auswahl getroffen, die ein umfassendes Bild seiner Erzählungskunst zu geben vermag und die Erinnerung an den trefflichen Patrioten und Flottenfreund wieder erneuern soll.

Wiesbaden, März 1911

E. Liesegang.

Das Pestschiff.

Zwei Eilande ragen aus der Nordsee in der Entfernung von einer halben Meile empor. Das eine, dessen starker granitner Fuß, jählings abfallend, in der Tiefe wurzelt, ist mit fruchtbarer Erde und dichten Waldbäumen bedeckt. Unter den hohen Tannen liegt ein einsames Haus, von blühenden Beeten umgeben, weshalb es die Küstenleute von weit und breit den Garten nennen. Ein alter Seemann wohnte hier unlängst, der von langen Seezügen ermüdet, die ersehnte Heimat unter diesem Dache fand. Jetzt deckt ihn die kühle Erde und Jerta, seine jugendlich-schöne Tochter, geboren unter einem südlichen Himmel, wartet des Grabes.

Das zweite Eiland, lang und öde in die See hineingestreckt, mit einer abgeplatteten Oberfläche, hat in seinen äußeren Umrissen die Gestalt eines Sarges. Es ist kein Aufenthalt der Glücklichen. Kein Vogel nistet dort, wo kein Baum, kein Strauch ihm seine Jungen schirmt. Der Mensch allein hat auf diesem unfruchtbaren Stein seine Hütte erbaut; aber ihre Tür öffnet sich keinem glücklichen Gaste. Wer hier seine Einkehr hält, ist bereits einem traurigen Schicksal verfallen.

Auf dem äußersten Vorsprung der Insel liegt eine starke gemauerte Schanze. Sie ist mit Kanonen besetzt und in der Mitte derselben steht eine Flaggenstange. Wehe dem Schiffe, das sich dieser öden Klippe naht, wenn von jener Stange eine bleichgelbe Flagge weht. Sie ist das Zeichen der Pest. Dies Eiland ist der letzte Zufluchtsort der Hoffnungslosen, welche die Welt ausstieß.

Wenn aber von der hohen Stange die gelbe Flagge nicht abweht, dann ist zwischen dem Garten und dem Sarge ein zeitweiliger Verkehr. Der Quarantänevogt ist ein vom Unglück verfolgter Schiffer, der von der See nur einen siechen Körper heimbrachte und hier eine ärmliche Versorgung fand. Er wurde dem Kapitän des Gartens lieb und beide besuchten sich öfters. Mit den Vätern kamen auch die Kinder zusammen, und Jerta hatte stets einige Blumen oder Beeren in ihrem Körbchen, die Osrick auf seiner kahlen Klippe sonst nicht zu sehen bekam. So fanden sich die Kinder in unschuldiger Neigung zusammen und diese wuchs mit den Jahren zur innigsten Liebe.

Jertas Vater war hinübergeschlummert und hatte ihr die an fremden Küsten erworbenen Schätze hinterlassen. Der Quarantänevogt blieb vereinsamt auf seinem Sarge. Osrick, der schnell heranwuchs, wurde von einer unbezwinglichen Begier auf die See hinausgetrieben. Ihm war es, als müsse er das Glück aufjagen und an sich fesseln, das den armen Vater sein Lebenlang neckte und irreführte. Oft, wenn der junge Seemann, von kurzen Seereisen heimkehrend, zu dem Garten emporstieg, bat ihn Jerta mit Tränen in den Augen, sich mit dem begnügen zu lassen, was sie besäße und mit ihr nach dem reichen Süden zu ziehen, der ihre eigentliche Heimat war. Aber Osrick vermochte nicht von seinem Vater zu lassen und wollte nicht aus Jertas Händen empfangen, was er dem eigenen Verdienste zu danken hoffte, um ihrer würdig zu sein. So schieden sie stets mit kummerbelasteten Herzen.

Jetzt waren zwei Jahre vergangen, ohne daß sie den Gespielen ihrer Jugend sah. In einem Briefe hatte er es ihr angezeigt, daß er ein großes Glück gemacht habe. Er war zum ersten Offizier einer Kauffahrteibrigg emporgestiegen. Auf einer langen und gefahrvollen Reise war der Kapitän erkrankt und gestorben. Als er dem Eigner der Brigg Schiff und Ladung unversehrt übergab, fand dieser an dem jungen, frischen Seemann ein solches Gefallen, daß er ihm sofort das Kommando dieses schönen Schiffes antrug. Osrick jubelte laut auf und steuerte mit tausend rosigen Hoffnungsträumen seiner neuen Bestimmung entgegen.

Jerta saß auf einer Steinbank, die auf der äußersten Spitze des Gartens errichtet war. Neben ihr stand Skuld, eine blühende, junge Nordländerin. Sie war mehr Gespielin, als Dienerin. Die Blicke der jungen Herrin schweiften längs des Horizontes. Sie beugte sich vornüber und die Gespielin zog sie erschrocken zurück und rief:

»Siehst du nicht die Brandung unter dir? Wie leicht faßt dich ein Schwindel und du stürzest hinab in die Tiefe.«

»Fürchtest du dich vor der brandenden See und bist eine Tochter des Nordens?« fragte Jerta lachend. »Ich bin im Süden geboren, wo die goldenen Äpfel an immergrünen Bäumen reifen, und fürchte sie nicht, sie ist mir von Jugend auf treu gewesen und hat mich oft auf ihren Wellen gewiegt. Sie wird auch jetzt meine Bitten erhören und mir meinen Osrick bringen.«

»Sie wird es,« antwortete Skuld. »Aber sie tut es erst dann, wenn sie ihn mit ihren Armen zu fassen vermag. Wer weiß, wo der Ruhelose jetzt weilt, woran er denkt und was er treibt. Die Menschen werden anders, wenn sie es zu etwas bringen und Osrick ist ein vornehmer Kapitän geworden.«

»Ich bin dir böse, weil du mir den Freund verdächtigen willst,« sagte Jerta und eine Wolke des Unmuts flog über ihre Stirn. »Aber es gelingt dir nicht.«

Sie sah der Freundin in das treue Auge und fuhr fort:

»Nein, ich zürne dir nicht, da ich weiß, daß du diesen Zweifel nur aussprichst, um meine Sehnsucht zu mildern, denn du siehst wohl, daß sie mich verzehrt.«

Die beiden Jungfrauen umarmten sich und Jerta sagte, durch Tränen lächelnd, nach einer Weile:

»Wenn mein Osrick aus dem schönen Süden heimkehrt, dann sollen auch für dich Freudentage anbrechen. Ich habe es wohl gesehen, daß Ole Steen, wenn er mit einer Botschaft von dem Sarge herüberkommt, nur Augen für dich hat. Und du, Schelmin, siehst das Boot, welches ihn trägt, immer zuerst, wenn es auch noch so weit entfernt ist. Osrick wird auf seinem Schiffe einen Platz für den schmucken, jungen Matrosen haben, und du ziehst dann mit mir in die blumenduftigen Täler, wo die Sterne golden blinken und die See vom Purpur widerstrahlt.«

»Wer weiß, *wo* diese Blumentäler liegen und *wo* die goldenen Äpfel reifen, womit du mich laben willst,« erwiderte Skuld mit einem trüben Lächeln. Dabei fiel ihr Blick auf den steinernen Sarg, über den gerade eine dunkle Wolke hinzog, sie schauerte zusammen und ging dem Hause zu.

Jerta aber blickte unverwandt auf die See. plötzlich deckte ein flammendes Rot ihre Stirn und sie schrie laut auf:

»Ein Segel! Er ist es!«

Dann aber hatte sie es wieder aus den Augen verloren und konnte es in der auf- und abwogenden Flut nicht wiederfinden, wie scharf sie auch umherblickte.

Es war auch kein Segel gewesen, sondern das Blinken einer zusammenbrechenden Welle, über welche eine Möve hinstrich, die von dem letzten Schimmer des Abends angestrahlt wurde.

Wo waren Osrick und sein gutes Schiff, nach welchen Jerta sich so sehnte? Keine Kunde kam davon nach diesen entlegenen nordischen Inseln. Der Quarantänevogt ging ungeduldig auf seinem Felsen hin und her. Jede Mahnung, die von Jerta an ihn gelangte, wies er mürrisch zurück. Aber im innersten Gemüt war er tief bekümmert, daß er keinen Trost hatte für die liebende Jungfrau.

Da liegt die Mittellandssee im vollen Glanze vor uns. Von fern herüber winkt das schwarze Meer und die mächtige Halbinsel, welche zwischen beiden ruht, ist das feueratmende Natolien. Die langgestreckten Gebirgsketten des Taurus und Antitaurus durchziehen es und über die stolzen Kuppen ragt der dreizehntausend Fuß hohe Argäus wie ein Riese in den klaren Morgenhimmel hinauf.

Eine Brigg, schmuck getakelt und handlich zu steuern, schießt mit vollen Segeln in die weite Seebucht hinein, welche man das Smyrnaer Meer nennt und steuert der Mündung des Meles zu, an dessen Ufern, einen Berg hinaufsteigend, die reichste Handelsstadt des Orients, das goldene Ismir, welches die europäischen Seefahrer Smyrna nennen, sich ausbreitet. Da liegt das stolze Handelsemporium der Levante, mit seinem von Schiffen strotzenden Hafen, seinen hunderttausend buntgemischten Einwohnern, die den Wert der von ihnen im Laufe eines Jahres versendeten Waren nach Millionen berechnen.

Ein buntes Gewimmel ist in diesen engen, sich zu einem kaum zu entwirrenden Labyrinth verkettenden Straßen. Türken, Griechen, Armenier, Juden und Franken streichen rastlos aneinander vorüber. Alle, die hier wandern, sind verschieden in Glauben, Sitten und Gewohnheiten und jagen nur *einem* Phantom nach – dem Gewinn. Es strömt herab aus dem hochgelegenen Türkenquartier, es stürmt hinauf aus dem untern Teil der Stadt, wo die Griechen und Armenier wohnen; es prallt aufeinander, sich drängend und stoßend, sich gegenseitig verwünschend, von dem Hafen nach der Börse, von der Börse nach dem Hafen sich fortwälzend, sich beneidend und anfeindend und wo es irgend möglich, sich ein Bein stellend. Zwischen ihnen durch schreitet der Franke, der aus seinem Quartier, wo luftige Häuser in regelmäßigen Straßen stehen, in das fortbrausende Gewühl tritt. Er sieht mit einem Blicke der Überlegenheit auf die verwahrlosten Kinder des Orients herab. Ernst besorgt er seine Angelegenheiten und kehrt dann wieder nach dem Frankenquartier zurück, an dessen stattlichsten Häusern die Wappen der Konsuln prangen, von deren Dächern die Flaggen der Souveräne wehen, deren Stellen sie hier vertreten und die Gerechtsame der Menschen wahrnehmen, die von ihrem Vaterlande an diese Küste verschlagen sind.

Auf eines dieser Häuser, dessen Portal mit dem Wappen einer hohen nordischen Macht geschmückt ist, schreitet ein junger Mann in seemännischer Tracht zu. Seine blauen Augen glänzen hell und sein goldblondes Haar ringelt in natürlichen Locken auf die Schultern herab. Es ist der Kapitän der schmuckgetakelten Brigg, die den Meerbusen von Smyrna durchschnitt und seit einer Stunden wohlbehalten vor Anker liegt. Der Offizier wird mit freundlicher Gastlichkeit empfangen und kehrt nach einiger Zeit mit den besten Versprechungen an Bord seines Schiffes zurück. Nachdem er seine Befehle erteilt, steigt er in die Kajüte hinab und steht vor einem Gemälde still, welches einen Teil der Rückwand einnimmt. Das ist die Nordsee, die dort auf- und abwogt und die Eilande, woran sie aufbrandet, sind der Garten und der Sarg. Träumend steht er vor diesem Bilde und sagt vor sich hin:

»Noch diese Reise und wir werden uns wiedersehen, teure Jerta!«

Der neue Tag bricht an. Am Bord der Brigg ist ein reges Leben. Die Luken, die in den Raum führen und gegen Regen und Seewasser wohl verschalkt sind, werden geöffnet. Der Ladebaum ist aufgerichtet, die schweren und leichten Takeln werden daran befestigt. Die Stunde der Entlöschung ist gekommen und da die Brigg bereits für eine neue Fracht gewonnen ist, arbeitet sie mit doppelter Mannschaft, um den Raum freizumachen. Endlich, mit dem Schlusse des dritten Tages, ist das eine Werk getan und das andere kann mit dem nächsten Morgen beginnen.

Der Kapitän und seine Offiziere entwickeln eine energische Tätigkeit. Die Mannschaft, durch Beispiel und lockende Versprechungen angefeuert, will nicht zurückbleiben. Noch drei andere Tage verstreichen und der größte Teil der neuen Güter befindet sich binnen Bords.

Endlich kommt der ersehnte Schluß: Kostbare Stoffe in aller Pracht und Farbenglut des Orients; die selteneren Früchte des Südens, die edelsten Gewürze. Der Duft, den sie ausströmen, wirkt fast betäubend. Als das letzte Stück unter Deck und wohl verstaut ist, gibt der Bootsmann den Befehl, die Luken zu dichten und alles seefest zu machen. Sie hasten sich ab, als sei die größte Gefahr im Verzuge. Noch zwei Tage verstreichen, während welcher die Papiere in Ordnung gebracht und die Lücken in der Proviantkammer ergänzt, die Wasserfässer gefüllt werden. Die Brigg ist segelklar und der Hafenmeister begibt sich an Bord. Aufrecht steht jeder bei seinem Werk und wartet der Order vom Halbdeck; – der erste Offizier steht am Steuerbord und hält seinen Lugaus nach dem Lande.

Von dort kommt das Konsularboot mit dem königlichen Wimpel. Der Konsul geleitet den jungen Kapitän selbst an Bord, und kaum hat dieser das Verdeck betreten, als der Anker auf und nieder gewunden wird und die Segel von den Rahen fallen. Die Marssegel werden gehißt; die Schoten der Untersegel fallen vor und durch die Mündung des Meles steuert die Brigg in den Meerbusen von Smyrna hinaus.

Fast eine Woche ist die Brigg draußen. Die Strecke, welche sie zurücklegte, ist eine geringe. Während der ersten Tage brisete es frisch und der silberne Schaum rauschte zu beiden Seiten des Buges hin. Aber nach dem vierten Tage schralte der Wind. Er ward schwächer und füllte nur noch die leichten Obersegel, während die schweren Untersegel zeitweise aufbauchten und dann klatschend an den Mast zurückschlugen.

Ein Leichtmatrose stand auf der Ankerwinde und pfiff. Der Bootsmann fuhr ihn deshalb an und der Junge erwiderte:

»Willn locken.«

»Wen willst locken?« fragte der alte Seefahrer. »Hast noch nicht gehört, daß wenn einer pfeift, ohne vorher seinen Morgensegen oder sonst etwas Geistliches herzusagen, er alles Unheil an Bord zusammenpfeift?«

»Weiß es, Bootsmann, und habe gebetet,« antwortete der Leichtmatrose. »Üb' immer Treu und Redlichkeit, sang des Vaters Nachbar am Morgen, als er abends unsere letzte Speckseite stahl und ich bete es ihm nach, weil es so geistlich klingt. Denke, die Brise wird kommen.«

»Ja! Sie wird kommen. Aber der Teufelsspuk mit ihr, weil du die Sprüche eines Speckdiebes betest.«

»Wie kann ein Teufelsspuk an Bord eines christlichen Schiffes kommen?« fragte der Leichtmatrose. »Beantwortet mir das, wenn Ihr es wißt.«

»Auf einem wohldisziplinierten Schiffe fragen die Offiziere und die Jungens antworten!« sagte der Bootsmann hochfahrend, da er keine andere Antwort wußte. »Herunter da von der Ankerwinde und tue sofort dein Werk.«

»Ich habe es schon getan!« antwortete der Leichtmatrose im Herabsteigen.

»Dann tue es nochmals und halte den Mund, sonst gibt es Hanfaale ohne Butter, aber aus Pfeffer und Salz!« schalt, sich entfernend, der Bootsmann und brummte vor sich hin:

»Diese grünen Jungens werden immer dreister. Man sollte die Schulmeister bei den Beinen aufhängen, weil sie ihnen so viele Gelehrsamkeit beibringen. Wie soll ich wissen, weshalb der Teufel sich mit dem Christentum zusammengibt? Aber daß es geschieht, will ich beschwören, und wenn er uns nicht das stehende und laufende Gut von oben herab auf die Köpfe wirft, so hämmert er zu unsern Füßen, bis er die Nägel aus dem Kiel gestampft hat und von unten auf an die Deckplanken schlägt.«

Der alte Seebär schauerte zusammen, als er diese Worte sprach. Er suchte seine Hängematte und sank in einen traumähnlichen Schlaf. Als er jäh aus demselben emporfuhr, vernahm er unter sich ein schwaches Hämmern. Er dachte an den Teufelsspuk, den er vorher dem Leichtmatrosen prophezeite, und eilte mit glühendem Gesichte auf das Verdeck. Hier hatte sich seit kurzem eine handliche Brise eingestellt. Die Brigg lief eine frische Fahrt. Der Leichtmatrose, der den Bootsmann kommen sah, rief ihm zu:

»Es ist noch eine Stunde, bevor Eure Wache beginnt, Herr. Wollt Ihr nicht wieder hinuntergehen? Ich rufe Euch zur rechten Zeit.«

Der Bootsmann schüttelte mit dem Kopfe und blieb.

Wäre er hinuntergegangen, so würde er das leise Hämmern abermals gehört haben. Durch eine Spalte der Scherwand, welche das Volkslogis von dem beladenen Zwischendeck trennt, schimmerte ein Licht.

»Wer ist so verwegen, in die Räume zu dringen, wo die Waren lagern, welche die Landesflagge deckt? Wer legt die Hand an die Ladung, die der Kapitän, soviel an ihm ist, schirmen und unversehrt heimbringen soll, bei Verlust von Ehre und gutem Leumund?«

Zwei Matrosen sind es. Kühne, wagehalsige Gesellen, die ein unbezwingliches Gelüst nach einer der Kisten tragen, deren Deckel mit einer Flasche bemalt ist. Den letzten Tag kamen sie an Bord und die Matrosen vermuten einen herzstärkenden Tropfen darin. Mit einem Brecheisen haben sie den Eingang in das Zwischendeck erzwungen. Die losgebrochene Planke wird leise angelegt und die Nachforschungen beginnen. Die Kisten, welche sie so emsig suchen, sind nicht aufzufinden. Der Steuermann hat sie zu schlau zu verstecken gewußt. Mit steigendem Verdruß kriechen sie von einem Winkel nach dem andern, fluchend über jede fehlgeschlagene Hoffnung. Da entdecken sie ein Faß und sind schnell mit dem Bohrer zur Hand. Knirschend frißt sich dieser durch das Holz und eine gelbe Masse drängt sich durch die Öffnung. Es ist nicht Wein, es ist Öl, das unaufhaltsam hervorquillt. Sie schreien laut auf und sehen sich starr in das Gesicht. Endlich fassen sie sich und suchen den angerichteten Schaden so wirkungslos als möglich zu machen. Während der eine mit seinem Daumen das Bohrloch schließt, wirft sich der andere auf einen Baumwollenballen, trennt die Hülle mit seinem Messer und dreht daraus einen Pfropfen, womit er die Öffnung verstopft. Das Öl hört auf zu fließen.

Die Schiffsdiebe atmen auf. Sie kriechen durch die losgebrochene Planke aus dem Zwischendeck, löschen die Laterne aus und schleichen sich nach ihren Hängematten. Es hat sie niemand bemerkt. Aber der Mann, der die Umhüllung von der Baumwolle abtrennte, beginnt zu zittern. Ein leises Frösteln rieselt über seinen Leib und schüttelt seine Knochen aneinander. Kalte Schweißtropfen treten ihm vor die Stirn. Ihm ist es, als atme er auch hier den erstickenden Geruch, der ihm aus dem Ballen entgegenströmte. Er will laut aufschreien, aber er vermag es nicht. Mit dumpfem Stöhnen sinkt er in seine Hängematte zurück.

Der Wind frischt auf und jagt die Brigg mit fliegender Eile vor sich her. Der Offizier der neu antretenden Wache mustert seine Mannschaft. Ihm fehlt einer. Es ist der Bursche, der den Pfropfen für das angebohrte Ölfaß drehte. Sein Gefährte tritt vor und sagt:

»Der Nils ist krank, Herr. Denke, es hat nicht viel auf sich. Morgen wird er wieder frisch sein. Aber in diesem Augenblick kann er nicht auf den Füßen stehen. Laßt ihn liegen, Herr. Ich werde seinen Turnus am Steuer aushalten.«

»Ich kenne den Nils,« entgegnet der Offizier. »Er ist ein liederlicher Bursche und hat sich betrunken. Wenn er morgen nüchtern ist, soll er seiner Strafe nicht entgehen.«

Die Nacht geht ruhig vorüber.

Am andern Tage fliegt die Brigg durch die Straße von Gibraltar und schießt hinaus in die spanische See. Der Offizier, der gestern einen Mann von seinem Wachtvolk vermißte, hat wieder den Dienst. Er mustert seine Leute und vermißt denselben Mann. Auf seinen Befehl läuft einer der Schiffsjungen in das Volkslogis, um ihn zu suchen. Nach wenigen Minuten kehrt dieser auf das Verdeck zurück, vorwärts getrieben von banger Furcht, alle Zeichen der Todesangst im Gesicht. Er stürzt zu den Füßen des Offiziers und ruft mit ängstlichbebender Stimme:

»Der Nils ist ganz schwarz geworden, seine Augen leuchten wie zwei glühende Kohlen.«

»Der Junge ist toll!« schilt der Offizier. Aber das Wort stirbt ihm auf der Zunge. Ein böses Ahnen fliegt ihm durch den Sinn. Da entsteht auf dem Vorderdeck ein augenblicklicher Tumult. Das ganze Wachtvolk ist dort versammelt und bildet einen unentwirrbaren Knäuel.

»Was gibt es da vorn?« ruft der Offizier, auf der Scheide des Halbdecks stehend.

»Pest an Bord!« hallt eine Stimme aus dem dichten Haufen zurück.

Wie ein Schrei des Verderbens fliegen diese Worte von einem Ende der Brigg bis zum andern. Das Wachtvolk zur Koje hört ihn und fliegt in der größten Verwirrung das Deck hinauf. Die Offiziere vernehmen es in ihren Kammern und Kapitän Osrick, der alsbald erscheint, fragt mit heller Stimme:

»Wer wagt es, ein so unbedachtes Wort auszusprechen?«

»Ich, Herr!« antwortet der Bootsmann, respektvoll vortretend. »Der Nils aus Stavanger ist davon befallen und hat soeben den Geist aufgegeben. Dachte wohl, daß ein Unheil über uns kommen würde, denn der Wind ist gottloserweise aus seiner Ruhe gepfiffen und dann kommt der Teufel allemal über ehrliche Christenmenschen und wirft sie nieder. Das hat uns der Türke auf den Hals gehetzt.«

»Schwatzt nicht solch unsinniges Zeug!« unterbricht ihn der Kapitän. »Wo ist der Tote?«

»Habe befohlen, ihn in seine Hängematte einzuschnüren und dann über Bord zu werfen. Aber die Kerle fürchten sich und wollen nicht Hand anlegen!« erwidert der Bootsmann. »Die Wahrheit zu gestehen, Herr,« sagt er leiser, »verdenke ich es ihnen nicht, denn es ist kein kleines Werk.«

»Feiges Volk seid ihr und einfältiges Gesindel dazu,« spricht Kapitän Osrick. »Wenn ihr euch fürchtet, einem von euren Maaten den letzten Dienst zu erweisen, so will ich es tun. Was scheltet ihr die Türken, da ihr doch dreimal größere Heiden seid als sie?«

Der Kapitän steigt nach diesen Worten in das Volkslogis herab. Der Bootsmann folgt ihm, indem er vor sich hinbrummt:

»Will mit ihm gehen, da ich nun doch einmal Deckoffizier bin und mir den Respekt nicht verkürzen darf. Aber es rieselt mir über den ganzen Leib und ich fühle kalte Tropfen auf der Stirn.«

Die Matrosen stehen mit bleichen Gesichtern und schlotternden Knien umher, als sie sehen, daß die Offiziere in das Zwischendeck hinabsteigen.

Es wird Abend. Der Matrose Nils wird über Bord gelantscht und sein Maat, der mit ihm den nächtlichen Raubzug bestand, fällt, vom Fieber geschüttelt, in die Knie.

Die Krankheit ist am Bord der Brigg heimisch.

Die Brise blieb günstig. Aber ein panischer Schrecken herrschte an Bord. Alle Bande der Ordnung waren gelöst. Nur mit Mühe hielten die drei Offiziere die Fahrt aufrecht. Einer von ihnen stand am Steuer; die beiden andern mühten sich mit der Stellung der Segel ab.

Das Volk rottete sich zusammen und sprach eifrig miteinander. Dann drangen sie in geschlossener Reihe zum Halbdeck vor. Kapitän Osrick trat ihnen mit gewaffneter Hand entgegen.

»Tut die Dinger weg, Herr,« rief der Zimmermann, der sich zum Wortführer aufschwang. »Es denkt kein Mensch daran, Euch ein Leides zu tun. Aber das Unglück, welches über uns gekommen ist, fordert, daß wir es zu bewältigen trachten, und ich denke, Ihr werdet einem vernünftigen Worte nicht abgeneigt sein.«

»Redet!«

»Die Türken haben die Pest in unser Schiff gebracht. Bleiben wir an Bord, sind wir alle geliefert. Laufen wir irgendwo binnen, stellt man uns unter Quarantäne und wir sind nicht besser daran, denn der Giftstoff bleibt in unserer Nähe. Darum wollen wir uns davonmachen, solange wir noch gesund sind. Laßt uns das nächste Land andienen und mit den Booten landen. Jeder zieht dann des Weges, der ihm gefällt, und wir sind geborgen«.

»Und das Schiff? Und die Ladung?« entgegnete der Kapitän. »Und die Verantwortung, die mich trifft, wenn ich das alles nach eurem Rate treulos preisgebe?«

»Was kümmern uns Schiff und Ladung!« kreischte eine Stimme aus dem Haufen. »Erst kommen wir selbst und dann die andern, wollt Ihr unsern Vorschlag annehmen?«

»Das heißt,« antwortete der Kapitän Osrick rasch, »wollt Ihr ein ehrloser Schurke sein, der anvertrautes Gut dem Winde und den Wellen überliefert, um sein nacktes Leben zu retten? So mir Gott in meiner letzten Stunde gnädig sei, ich will es nicht.«

»Dann setzen wir Euch vom Kommando ab!« rief der Zimmermann entschieden. »Denke wohl, daß wir die Verantwortlichkeit dafür übernehmen können.«

»Der erste, der die Hand nach mir ausstreckt, ist des Todes!« sprach Kapitän Osrick kaltblütig und legte das Pistol an.

»Ihr tötet den ersten vielleicht, dafür drückt Euch ganz gewiß der Zweite die Kehle zu!« sagte der Zimmermann, »Packt an alle Mann zugleich.«

Die Masse stürzte sich wie eine erhitzte Meute auf den Kapitän. Das Pistol ging los und verwundete einen Matrosen. Die andern hatten den Kapitän bald bewältigt und nötigten ihn, in die Kajüte zu gehen. Der Zimmermann rief ihm nach:

»Bleibt dort unbelästigt. Wir werden das Land allein finden und wenn der Kiel auf den Strand rennt, könnt Ihr denken, daß wir auf und davon sind. Es steht dann noch immer in Eurem Belieben, zu handeln wie Ihr wollt.«

Sie zogen die Kajütskappe dicht zu und warfen die Tür ins Schloß. Kapitän Osrick war von seinen Offizieren getrennt, allein in der dumpfigen Kajüte, in der nächsten Nähe des Zwischendeckes, wo in den Baumwollenballen der Giftstoff lagerte, der Verderben über das Schiff brachte. Die Hilflosigkeit, worin er sich befand, bewältigte ihn so sehr, daß er ohnmächtig niedersank. Aber nicht lange dauerte dieser Zustand der Schwäche. Die Energie des Geistes kehrte wieder und er sann, wie er seiner Gefangenschaft ledig werde.

Unter dem Boden hing die Lampe. Er zündete sie an und verstopfte dann mit einer wollenen Decke die Höhlung des oberen Fensters, damit die Matrosen verhindert würden, ihn zu beobachten. Er hatte seine Arbeit so sorgfältig gemacht, daß auch nicht der geringste Schimmer durchdringen konnte. Nun warf er einen Blick auf die in dem Spiegel angebrachten Kajütsfenster. Nur durch diese allein war eine Verbindung mit der See möglich. Diese mußte er daher öffnen. Das Geräusch, welches die Arbeit machte, konnte man vom Verdeck aus vielleicht hören; zu sehen vermochte man nichts davon. Das Oberfenster war verdeckt und die Heckjolle hing als Schutz über ihm. Mit großer Mühe gelang es ihm, ohne Hilfsmittel die Surrings zu lösen, wodurch die Fenster gehalten wurden.

Es ward tiefe Nacht draußen. Die Jolle, welche hinderte, daß man ihn von oben herab bemerkte, wenn er den Kopf aus einem der Fenster steckte, schnitt auch ihm jede Aussicht nach oben ab. Er sah nichts, als das Schäumen des Wassers um die Hacke des Steuers und das Blinken der See im Kielwasser. Auf dem Verdecke war alles so still, als ob die strengste Subordination am Bord herrschte. Die Rebellen hatten den Steuermann gezwungen, ihnen den Kurs anzugeben, der nach dem nächsten Lande führte und dieser, um Mißhandlungen zu entgehen, hatte es getan. Er hoffte, man werde ihn darauf freilassen und er sich dem Kapitän nähern können. Aber er verrechnete sich. Man hatte ein scharfes Auge auf ihn.

Der Mann am Steuer ward abgelöst und gab seinem Nachfolger den Kurs an. Kapitän Osrick hörte es. Darauf ward es wieder still. Plötzlich schlug ein herzzerreißendes Kreischen an sein Ohr. Es ward hin und her gerannt. Dann ward es wieder still und erst nach einer Pause vernahm man außenbords einen dumpfen Schall.

»Ein neues Opfer ist gefallen!« sagte der Kapitän Osrick vor sich hin. »Ich muß aus diesem Gefängnisse entkommen, auf welche Weise es immer sei.«

Und, sich ermannend, begann er auch das letzte Fenster zu öffnen.

Das erste Morgengrauen brach durch die Finsternis. Über seinem Kopfe entstand ein furchtbares Getrampel. Der kundige Seemann erkannte bald, welche Art von Arbeit man ausführe, und daß die ruhige See, welche die Brigg so sanft umschlossen hielt, diese Arbeit begünstige.

»Sie rüsten die Boote zur Abfahrt und beginnen damit, die Heckjolle ins Wasser zu bringen,« sprach er vor sich hin. »Wenn sie ...«

Aber er konnte es nicht ausdenken, denn schon sauste die Jolle an den Kajütsfenstern vorbei in die Flut. Der Mann, der sich darin befand, um die Takeln auszuhaken und die Fangleine gehörig zu befestigen, mußte mit Blindheit geschlagen sein, sonst hätte er die offnen Kajütsfenster sehen müssen. Aber die Angst vor dem schwarzen Tod nahm alle seine Sinne gefangen. Er verrichtete me-

chanisch sein Werk und enterte auf der ihm zugeworfenen Sturm-
leiter wieder zu Deck. Kapitän Osrick sah das alles mit klopfendem
Herzen an. Es war, als ob ein Traumbild an ihm vorüberschwebe.

Da blitzte in der Kimmung des Horizontes der erste Vorbote der
aufgehenden Sonne und streute rosiges Licht umher. Osrick sah in
die aufleuchtende See und schrie vor Überraschung und Entzücken
laut auf, denn auf Kanonenschußweite lag ein Orlogschiff vor ihm
auf der spiegelglatten See. Mit bebenden Knien lehnte sich Osrick
über die Fensterbrüstung hinaus und maß mit den Augen die Entfernung des Orlogschiffes von dem seinigen. Dann warf er einen
Blick auf die Heckjolle, die an der Fangleine hängend im Kielwasser
nachschleppte und ein Strahl der Freude leuchtete aus seinen Augen.

Auf dem Verdeck gingen der Zimmermann und der Bootsmann
auf und ab. Der Teufel war über den letztern gekommen und hatte
seinem Christentum so völlig den Garaus gemacht, daß er offen zu
den Rebellen übertrat.

»Er sitzt in seiner Kajüte warm,« sagte der treulose Deckoffizier
höhnend, »und braucht nicht wie wir in der Morgenkühle mit den
Zähnen zu klappern. Macht Euch keine unnützen Grillen.«

»Er hat unsern gerechten Bitten nicht nachgegeben und ist deshalb unser Gefangener,« antwortete der Zimmermann, der das
Haupt der Verschwörung war. »Aber es ist nicht nötig, daß wir den
Gefangenen verhungern und verdursten lassen. Das Land liegt
zwar vor uns, aber es dauert noch eine Weile, bevor wir es erreichen; darum mag er mit allem versorgt werden. Allein damit die
Leute keinen Verdacht schöpfen, wenn wir mit ihm verkehren, ruft
einen der Matrosen zum Begleiter auf.«

Es geschah. Als die drei Matrosen in die Kajüte traten, drang
ihnen das helle Tageslicht entgegen. Laut aufschreiend stürzten sie
an das Fenster. Die Heckjolle war verschwunden und der Kapitän
nirgends zu finden.

Es war eine königliche Korvette mit einer Reihe schwerer Geschütze auf dem Deck. Alles an Bord war vorschriftsmäßig herge-
richtet und vierkant hinten und vorn. Der Offizier von der Wache
stand auf der Kampagne. Die Schildwachen am Fallreep und auf

der Back schritten in gemessener Haltung auf und ab. Die Toppmänner (Männer auf dem oberen Mast) in den Marsen hielten den Lugaus.

Eine Brigg ward gemeldet, die im Lee der Korvette mit all ihrem Linnen nach dem Lande zu abhielt. Sie mußte das Kriegsschiff bemerkt haben, denn sie hatte die Flagge aufgezogen und den Klüver, sowie ihre Bramsegel gestrichen, drei Zeichen, womit der Kauffahrer auf offener See die bewaffneten Kriegsschiffe zu begrüßen hat. Da gewahrte einer der Toppmänner eine leichte Jolle mitten auf der Salzflut und in derselben einen Mann, der mit dem Tuche in der Hand nach der Korvette hinüber winkte. Schnell war er mit dieser Meldung zu Deck.

Bevor er aber die Kampagne erreichte, hatte man auf dem Deck der Brigg die Jolle ebenfalls gesehen und dieser Anblick rief daselbst eine furchtbare Aufregung hervor. Der Bootsmann warf dem Zimmermann vor, daß er die Order für die Instandsetzung der Boote viel zu früh gegeben habe. Die Heckjolle hätte überhaupt nicht gestrichen zu werden brauchen, da sie zur Aufnahme vieler Männer zu klein sei. Der Zimmermann dagegen fluchte Himmel und Hölle auf seinen Gefährten herab, weil er einen Tölpel in die Jolle schickte, der so blind gewesen sei, daß er nicht einmal die geöffneten Kajütsfenster gesehen habe. Beide stürzten sich auf den Unglücklichen, den sie zu Boden warfen und unter gräßlichen Schimpfreden mit Füßen traten. Die Matrosen nahmen für und wider Partei. Es war ein hitziger mit Mund und Fäusten geführter Streit, worüber sie den flüchtigen Kapitän und die Korvette ganz vergaßen, welche letztere ein paar Striche nach Lee abhielt und sich mit ihren metallenen Feuerschlünden in bedrohlicher Weise näherte. Nur einer hatte am Bord der Brigg seine Sinne so weit zusammen, daß er mindestens den Versuch machte, der gefahrdrohenden Lage eine andere Richtung zu geben. Er flog die Kajütstreppe hinab, brachte eine geladene Flinte herauf und schlug auf den Kapitän in der Jolle an. Dieser war bereits weit aus dem Bereich der Kugel, aber der über die See hinrollende Schuß brachte die wütenden Kämpfer zur Besinnung. Sie ließen voneinander ab und wie der hochschäumenden Flut die matt dahinschleichende Ebbe folgt, war allen der Mut gesunken.

»Wir sind verloren!« sagte der Zimmermann vor sich hin und fuhr zusammen, denn vom Bord der Korvette fiel ein Schuß, den Befehl andeutend, daß die Brigg sofort beizudrehen habe. Zugleich bemannte dieselbe ein Boot, welches, von raschen Ruderschlägen fortgetrieben, der Heckjolle entgegenflog. Osrick richtete sich auf und rief dem das Boot steuernden Quartiersmanne zu:

»Geht nicht an Bord der Brigg! Geht nicht an Bord der Brigg!«

»Habe meine Order!« rief dieser zurück und feuerte seine Mannschaft an, frisch auszuholen.

»Pest dort an Bord!« schrie ihnen Osrick nach.

Aber sie hörten ihn nicht mehr. Der Wind, der sich soeben stärker aufgab, faßte die Breitseite der Jolle und warf sie mit *einem* Zuge an den Lufbord der Korvette. Osrick erlag der andauernden Aufregung und sank ohnmächtig zusammen. Flinke Enterer waren zur Hand. Die Jolle ward geborgen und Osrick auf das Deck gebracht. Als er die Augen aufschlug, sah er den Offizier vom Dienst neben sich, der ihn fragte, was dies alles zu bedeuten habe und ob er von jener Brigg geflüchtet sei?

»Das bin ich, Herr! Es ist ein Unglücksschiff, welches vor uns auf der See treibt. Ich bin der Kapitän, den die Mannschaft einsperrte, weil ich nicht zugab, daß sie das Schiff auf den Strand setzte, sie wollte dem Tode auf diese Weise entgehen. Herr, denn wir kommen von Smyrna."

»Ich weiß genug,« sagte der Offizier erbleichend und schrie laut:

»Das Boot zurück!«

Das Orlogsboot (Boot des Kriegsschiffes) hatte den Kauffahrer beinahe erreicht. Die Mannschaft hielt sich bereit, dasselbe zu entern. Da vernahm sie einen Kanonenschuß und erblickte zwei weiße Wimpel übereinander am Vortopp. Es war das Signal, daß sie sofort umkehren sollten. Blind an Gehorsam gewöhnt warfen sie die Ruder an das Wasser und das Orlogboot entfernte sich von dem Kauffahrer, der ihm ein höhnisches Gelächter nachsandte.

»Das Boot ist gerettet!« rief der Offizier, frei aufatmend.

»Das Boot ist gerettet!« wiederholte Osrich. »Aber die Korvette nicht, denn jene Brigg kommt von Smyrna und ich bin ihr Kapitän.«
. ^

Betroffen schwieg der Offizier. Erst nach einer Pause sagte er:

»Nehmt Euern Platz neben jener Kanone und haltet Euch still. Es ist dies ein so überraschend seltsamer Fall, daß ich mit mir Zu Rate gehen muß. Halloh, Kadett Ballström! Hierher, wenn es gefällig ist.«

Die Korvette steuerte fort. Ein abermaliger Schuß deutete der Brigg an, daß sie sich in dem Kielwasser der Korvette zu halten habe. Gezwungen folgte sie dieser unwillkommenen Order.

Der Offizier vom Dienst hatte den Kapitän der Korvette die nötige Mitteilung gemacht und dieser versammelte sämtliche Offiziere zu einer Beratung um sich. Beim Schlusse derselben sagte er:

»Wir sind gezwungen, uns der Notwendigkeit zu fügen. Mit einem angesteckten Schiffe in Berührung gekommen, können wir den Kreuzzug nicht fortsetzen. Laßt den Doktor alle möglichen Vorkehrungen treffen. Sendet den Kauffahrteikapitän an Bord seiner Brigg zurück und laßt ihn sein Kommando wieder antreten. Unsere Kanonen werden seinen Worten Nachdruck verschaffen. Es ist unser Amt, die Brigg bis an die Quarantänestation zu begleiten, damit auf offener See nicht noch mehr Unglück geschehe. Es ist genug, daß unsere Korvette in die Reihe der verdächtigen getreten ist.«

Der Kapitän entließ seine Offiziere und diese gingen, trübe gestimmt durch dies unerwartete Ereignis, wohin die Pflicht des Tages sie rief.

Osrick empfing die Nachricht von den gefaßten Beschlüssen und sagte:

»Ich bin bereit zu gehorchen, aber eins hätte ich zu bitten. Die Rebellen verdienen es zwar nicht, daß man sich für sie verwendet, allein die Menschlichkeit befiehlt, sie vor größerem Leid zu schützen. Die Apotheke eines Kauffahrers ist nur mangelhaft bestellt und kein kundiger Mann am Bord, der die richtige Anwendung der Medikamente versteht, wenn also der Arzt sich mit mir an Bord begeben dürfte...«

»Geschieht schon ohne Eure Erinnerung,« versetzte dieser, der, einen Kasten unter dem Arm, den Fallreep beschritt. »Ich gehe mit Euch und überlasse es meinem Kollegen, die gesunde Mannschaft der Korvette bei der gewohnten Laune zu erhalten. Ihr seht mir nicht danach aus, Herr, als ob Ihr das Pestgift mit Euch herumschlepptet und mit Gottes Hilfe gelingt es mir vielleicht, den bösen Geist aus Eurer Brigg zu bannen.«

»Und wenn nicht?« fragte Osrick, von einem Gefühl banger Ahnung ergriffen.

»Dann unterliegen wir mit dem tröstenden Bewußtsein, auf alle Weise unsere Pflicht getan zu haben,« sagte der Arzt und bestieg mit dem Kapitän die Jolle. Sechs von den königlichen Matrosen hatten sich freiwillig erboten, die beiden Männer zu begleiten, um die geschwächte Besatzung zu verstärken. Sie waren sofort beurlaubt worden.

Unter dem Geleite der sechs bewaffneten Seeleute betrat Osrick das Verdeck. Der Bootsmann und der Zimmermann wurden ergriffen und in das Kabelgat geworfen, von den Matrosen waren nur noch drei gesund, die übrigen lagen in ihren Hängematten und schüttelten sich im Fieber. Der Arzt war sofort bei ihnen und begann sein trauriges Geschäft. Osrick hielt den zitternden Matrosen eine scharfe Ansprache und warnte sie, sich auch nur mit einer Miene gegen seine Befehle aufzulehnen. Den Steuermann befreite er aus seinem Gefängnis und nach einer Stunde herrschte die altgewohnte Ordnung. Die Brigg segelte vor einer leidlichen Brise den Kurs der Korvette, indem sie deren Kielwasser entlang steuerte.

Der Spätherbst war über die nordische See gekommen. Er hüllte sie in seine trügerischen Nebel und durchwühlte die klippenreiche Flut, die wildschäumend aufspritzte.

Ole Neen, der wackere Gehilfe des Quarantänevogts vom Sarge, saß auf einem Stein am Ufer und sah auf seinen kränkelnden Herrn, der, den Blick zu Boden gesenkt, an seinem Stabe auf und ab schlich.

»Ich halte es nicht aus, ihn länger so zu sehen,« sagte der treue Mann vor sich hin. »Sein Körper leidet und außerdem reibt er sich auf in der Sehnsucht nach seinem Sohne. Und je milder und zerknirschter es in seinem Innern aussieht, je rauher und abstoßender wird er äußerlich. Ich kenne das. – Nun steht er still und sieht wieder hinüber nach dem Garten. – Der Nebel läßt nichts unterscheiden, armer Herr! – Und doch! In der Kimmung blinkte es vorher auf. vielleicht kriegen wir in einer Stunde klares Wetter und sie haben drüben aus dem Garten von dem Festland her Nachricht erhalten. Ich will auf alle Fälle das Boot klar machen.«

Nach einer Stunde hatte, wie Ole Neen es prophezeite, der aufkommende Wind die Nebel auseinandergelegt und man sah den Garten deutlich vor sich. Ole Neen hatte mit dem Quarantänevogt gesprochen und dieser unter Schmerzen polternd und scheltend seine Einwilligung zu einem Kreuzzuge sich abtrotzen lassen, den er im tiefinnersten Herzen sehnlichst herbeiwünschte. Ole Neen fuhr ab, dem Garten entgegen, von dort aus hatte ihn das Auge der Liebe bald erkannt.

»Ich sage es dir, Skuld,« rief die froh erregte Jerta. »Ole Neen kommt und bringt Nachricht von dem Vater, vielleicht auch von dem Sohne.« Sie sagte das letztere mit leichtem Erröten.

»Oder er will sie von uns, die wir von nichts wissen!« entgegnete Skuld ernst.

»Du gefällst dir darin, alle meine Hoffnungen zu zerstören,« sagte Jerta unwillig. »Komm mit herab zum Strande. Das Boot ist schon nahe.«

Ole Neen landete. Es war eine gegenseitig getäuschte Hoffnung. Jerta, die sich leicht in das Unerwartete fand, sprach nach einiger Zeit:

»Es ist doch gut, daß Ihr gekommen seid, Ole Neen. Lange schon habe ich meine Sehnsucht nach Osricks Vater unterdrücken müssen. Jetzt vermag ich es nicht länger. Ich muß mich an seinem Herzen ausweinen und ihm nachher die Grillen weglachen. wie ist es, mein wackerer Steuermann? Getraut Ihr Euch, uns beide wohlbehalten nach dem Sarg zu bringen?«

»Wenn Ihr Euch beeilt, ja,« sagte Ole Neen. »Die Sonne geht allgemach zu Rüste. Der Wind steht hoffentlich noch eine Weile durch und zwei gute Streckbuge bringen uns hin. Aber aufhalten dürft Ihr mich nicht.«

»Allstunds, wie Ihr Seeleute sagt, sind wir am Bord!« antwortete Jerta in ihrer heiteren Weise. »Haltet Euch klar für die nächsten fünf Minuten. Das Passagiergut ist bald an Bord gebracht.«

Bald darauf stieß das Boot von dem Landungsplatze des Gartens ab. Kaum hatten sie ihn verlassen, als es aus der Tiefe heraufbrauste und an die Felswände emporstieg. Die baumreiche Insel ward mit einem Nebelflor verhüllt. Skuld beachtete es und gab ihren trüben Empfindungen Worte, aber Jerta verscheuchte die Traurigkeit der Freundin mit einem heitern Scherz und begann eine muntere Volksweise, worin Ole Neen freudig einstimmte. Singend erreichten sie den Strand des Sarges und der greise Vater empfing die Braut des vielgeliebten Sohnes mit einem Freudenrufe. Skuld folgte ihnen langsam. Rückwärts schauend warf sie einen Blick nach der Richtung, wo der Garten lag. Aber der Nebel hatte sich so verdichtet, daß man auch nicht das geringste gewahrte.

»Ich werde das liebe Eiland nicht wiedersehen,« sagte sie vor sich hin und war so tief in Gedanken, daß sie erschrak, als Ole Neen sich ihr näherte und sie in seine Arme schloß.

An eine Heimfahrt war für diesen Abend nicht zu denken. Für solche Fälle, die sich öfters ereigneten, war auf dem Sarge eine Stube eingerichtet. Als aber Ole Neen am andern Morgen nach dem Strande zuging, sah er einen gänzlich veränderten Himmel. Die Nebel waren verschwunden. Ein scharfer Wind blies mit großer Heftigkeit von dem Garten her. Die See ging hoch und warf den schäumenden Gischt auf den abgeplatteten Vorsprung, von welchem aus der Weg zur Signalstange führte.

»Wir kriegen Winter. Die klaren Wolken im Osten und der schneidende Wind, der sie vorwärts treibt, prophezeien es mir. In dieser brausenden See ist an eine Überfahrt im offenen Boote gar nicht zu denken. Möchte nun bald wünschen, daß ich die Weiber daheimgelassen hätte. Sollte Frost einfallen und sie wären gezwungen, hierzubleiben ...«

Ole Neen wurde in seinen Betrachtungen, die wenig Tröstliches hatten, unterbrochen. Ihm ward es, als flirre etwas Weißes an seinem Auge vorüber.

»Das ist ein Segler!« rief er aus und wurde in seiner Erwartung nicht, wie Jerta, von einer Möve getäuscht. Es war wirklich ein Segler, der von einem zweiten gefolgt wurde. Mit der höhersteigenden Sonne erkannte er sie ganz deutlich. Er schüttelte mit dem Kopf und sagte:

»Segler um diese Zeit in einem Fahrwasser, das zu keinem Hafen führt, sind eine seltene Erscheinung. Hierher kommen nur solche Fahrzeuge, die von Stürmen verschlagen wurden, oder solche, welche zwangsweise hierher berordert werden ...«

Der junge Seemann vermochte nicht, den Gedanken auszudenken, sondern eilte an das Bett des alten Herrn, der sich eben erhob und in seinem Glücke einen freundlichen Gruß für den Gefährten seiner Einsamkeit hatte. Bald aber verschwand die flüchtige Heiterkeit und Böses ahnend rief er:

»Du bringst ein Unglück!«

»Ich melde zwei Segler, die auf unser Eiland zusteuern!« entgegnete Ole Neen. »Ihr müßt selbst urteilen, ob sie uns Glück oder Unglück bringen.«

»Unglück bringen sie!« rief der Quarantänevogt. Und wird ... Herrgott, die Dirnen! Fort mit ihnen von dem Eilande, solange es noch Zeit ist.«

»Zu spät!« entgegnete Ole Neen. »Wir können nicht mehr bei den ansegelnden Schiffen vorüber. Und wenn dies möglich wäre, geht die See so hohl, daß in unserm offenen Boote die Überfahrt gewisser Tod wäre. Laßt sie darum in ihrer Kammer ruhen, solange es irgend geht, sie werden der Unruhe noch vollauf haben. Wir wollen nach unserm Werk sehen.«

Fast wäre der Quarantänevogt aufgefahren, weil ihn jemand an seine Pflicht erinnern wollte. Aber er bezwang sich und nahm das Fernrohr mit sich. Die steifer wehende Brise hatte die Schiffe bedeutend näher gebracht. Die Rumpfe waren völlig aus dem Wasser und die einzelnen Segel genau voneinander zu unterscheiden.

»Einer von ihnen ist ein Orlogsmann,« sagte der alte Herr, der das Fernrohr nicht von dem Auge ließ: »Er hat einen guten Vorsprung und scheint jemand am Bord zu haben, der mit dem hiesigen Fahrwasser wohl vertraut ist, denn er steuert dem Platze zu, wo bei einem Wetter wie heute ein Schiff gefahrlos vor Anker gehen kann. Er hat einen Kauffahrer hinter sich, dem er das Geleite gibt, wir wissen schon, was so ein Geleite sagen will, Ole Neen, und müssen uns darein finden. Wären nur die Mädchen nicht hier. Daß ich dich gestern auch nicht mit Gewalt zurückhielt, als du, gegen meine Order, abfuhrst, um sie zu holen.«

Ole Neen, der seinen Herrn kannte, erwiderte nichts und dieser setzte sein Fernrohr wieder an:

»Wollen doch den armen Teufel betrachten, der das Unglück zwischen seinen Planken hat. Laßt sehen, was für eine Art von Fahrzeug es ist. – Eine Brigg! Und wenn ich mich recht besinne, eine Brigg, wie ...«

Er setzte das Rohr ab und sank auf einen Stein. Ole Neen sprang besorgt herzu und jener fuhr fort:

»Ich habe dir den Brief Osricks vorgelesen, worin er die Brigg beschreibt, deren Kapitän er geworden ist. Das ist derselbe Bau, derselbe Schnitt. Der Harzanstrich auf dem Breitgang und die weiße Farbe der Masten. O Jesus! Es wäre schrecklich.«

Dasselbe hatte Ole Neen gedacht, der mit seinen scharfen Augen die Fahrzeuge betrachtete. Aber er suchte seinem Herrn die Furcht auszureden und ihn zu beruhigen. Dieser aber blickte still vor sich hin und die Besinnung kehrte ihm erst zurück, als auf dem Vorderdeck des Orlogschiffes ein Schuß abgefeuert wurde. Zugleich entfaltete es die königliche Flagge an der Gaffel und wies von dem Vortopp die bleichgelbe Pestflagge. Das letztere geschah auch am Bord der Brigg.

Beide Schiffe lagen in der gehörigen Entfernung vor ihren Ankern. Das Orlogsboot fuhr dem Strande zu. Der Quarantänevogt ging dem Offizier desselben entgegen. Kaum aber hatte der letztere zu sprechen begonnen, als der alte Herr schwankte. Ole Neen war schnell zur Hand und sagte zu dem überraschten Offizier:

»Kann mir denken, was geschehen ist. Ihr habt den Namen jener Brigg und den ihres Kapitäns genannt. Das ist Herrn Osricks Vater. Nun wißt Ihr alles.«

Der Offizier begab sich in sein Boot zurück, nachdem er das nähere verabredet. Der Sarg war keine Quarantäneanstalt mit Hospitälern und anderen Einrichtungen. Es war eine Station, weit von jedem Fahrwasser gelegen, wohin man solche Schiffe wies, die den gewissen Tod am Bord hatten und wo sie solange unter Aufsicht eines bewaffneten Fahrzeuges aushalten mußten, bis die Besatzung wie durch ein Wunder genas, oder eine Beute des Fiebers wurde.

Ein gleiches Schicksal hatte der Offizier der Brigg vorhergesagt. Der Quarantänevogt hatte es nicht mehr gehört. Aber Ole Neen hörte alles. Nur drei von der ganzen Besatzung – unter ihnen der Kapitän – waren noch übrig. Der Arzt, der sich auf offener See freiwillig an Bord begab, hielt treu auf seinem Posten aus. Aber seine Kunst war nicht stark genug gewesen, die Krankheit zu brechen. Keiner blieb von ihrer Wut unberührt.

Mit schwerem Herzen geleitete Ole Neen seinen Herrn nach Hause.

Zwei Tage vergingen. In dem Stand der Dinge änderte sich nichts. Die jungen Mädchen ahnten das schrecklichste, allein der alte Herr blieb unerbittlich. Sein Mund war fest verschlossen. Umsonst versuchte Jerta ihre Schmeichelkünste; umsonst warf sie sich, in Tränen aufgelöst, zu seinen Füßen. Sie erfuhr nichts. Aber Skuld war zu Ole Neen getreten und hatte ihn über das Schicksal der Brigg befragt. Die Jungfrau war dem Geliebten, den sie vollständig beherrschte, geistig überlegen und er konnte ihr nichts verbergen. Nach der ersten Viertelstunde wußte sie alles.

»Es ist gut,« sagte sie ruhig. »Als ich hierher fuhr, legte sich eine Zentnerlast auf mein Herz. Ich fühlte, daß mir ein Unheil bevorstand, aber ich konnte es nicht klar erkennen. Nun weiß ich es und meine Angst ist verschwunden. Jerta wird diesen Kampf nicht überstehen. Osrick stirbt und sie kann ohne ihn nicht leben. Ich aber bin mit Jerta unauflöslich verbunden im Leben wie im Tode. Treu dem Gelübde, das sich die Jungfrauen des Nordens leisten, will ich nie ein Glück genießen, das ihr nicht zuteil werden kann. So sind wir getrennt, mein Freund, nachdem wir uns kaum vereinten, und ich bin Witwe, bevor ich Weib geworden bin. Jetzt gehe ich, sie von dem in Kenntnis zu setzen, was unserer harrt.«

Sie ging und ließ den Geliebten in tiefster Niedergeschlagenheit zurück.

Kaum hatte Jerta erfahren, welches große Unglück sie traf, als ihr Charakter sich wunderbar verwandelte. Die Jungfrau legte eine Stärke und Entschlossenheit an den Tag, von der niemand eine Ahnung hatte. Sie bezwang ihre Tränen und die innere Erregung gewaltsam zurückdrängend, sagte sie:

»Hier helfen nicht Klagen und Weinen; hier muß gehandelt werden. Mein Platz ist an der Seite meines Osrick.«

Schnell war sie zur Fahrt an Bord der Brigg gerüstet. Erst als ihr dies verweigert wurde, brach sie in Tränen aus. Nichts halfen die Bitten und Ermahnungen des greisen Vaters; nichts das Flehen der treu bewährten Freundin. Sie blieb bei ihrem Vorsatze und als sie auf beharrlichen Widerspruch traf, sank sie in krampfhaften Zuckungen zu Boden. Man brachte die Bewußtlose in ihre Kammer.

Von dem Augenblicke an, da die Schiffe vor Anker gingen, veränderte sich das Wetter auf eine merkwürdige Art. Es fror noch stärker, aber der Himmel bezog sich. Der Wind hörte auf und eine dichte Schneemasse fiel herab. Um bei einem plötzlichen Eistreiben das einzige vorhandene Boot vor jeder Gefahr zu sichern, hatte Ole Neen dies in eine verdeckte Bucht gebracht und mit Ketten angeschlossen. Der Verkehr mit den Schiffen war aufgehoben und die Bewohner des Sarges waren allem Anscheine nach für die Dauer des Winters nur auf sich angewiesen. Jerta kam nicht zum Vorschein. Skuld berichtete, daß sie, seitdem die Ohnmacht gewichen, unbeweglich auf ihrem Lager sitze und vor sich hinbrüte, ohne auf einen Zuspruch zu hören. Die Freundin hatte keine Ahnung davon, welche Gedanken in der Seele der so hart geprüften Jungfrau reiften.

Abermals war ein Tag verstrichen. Schon schwamm die See mit Eisstücken; sie war nahe daran, unfahrbar zu werden. Da löste sich von der Breitseite der Brigg eine leichte Jolle und steuerte der Klippe zu. Es war der Arzt, der freiwillig auf den Kauffahrer übergetreten war. Der Quarantänevogt kam ihm entgegen.

»Ich bringe Euch keine Hoffnung,« sagte der Arzt. »Meine Kunst ist fruchtlos. Ich vermag die Gewalt des Fiebers nicht zu brechen.«

Der alte Herr war in tödlicher Angst:

»Und mein Sohn? Ihr sagt mir nichts von ihm.«

»Noch lebt er. Seine starke Natur hat dem Gifte bis jetzt noch widerstanden. Nur eine Stunde will ich, um mich zu stärken, hier atmen, dann kehre ich wieder zurück.«

»Und ich begleite Euch,« sprach der Vater. »Unverantwortlich ist es von mir, daß ich den Sohn solange in fremden Händen ließ.«

»Ihr bleibt auf dem Platze, den Euer Amt Euch anweist.« sagte der Arzt. »Eure Instruktion lautet, das Eiland unter keinen Umständen auch nur eine Stunde zu verlassen. Das werdet Ihr befolgen.«

»Ich werde es nicht. Ihr geht an Bord und ich begleite Euch.«

»Besinnt Euch!« ermahnte der Arzt. »Auf der Korvette wird ein scharfer Ausguck gehalten und die Kanoniere derselben sind zugleich gute Schützen. Ermannt Euch. Gott ist barmherzig und kann in seiner Allmacht den Sohn für Euch erhalten. Will er es nicht, so wird Eure Gegenwart auch nichts frommen. Ihr könnt nicht einmal mit Euerm Sohne sprechen, denn er ist ohne Besinnung. Warum seine verzerrten Züge sehen und diese Schreckensgestalt Zeit Eures Lebens mit Euch herumtragen? Bewahrt Euch lieber das freundliche Bild des lebenskräftigen Jünglings. Kommt, Mann, und laßt mich einen Augenblick in Euerm Hause ruhen.«

Der Arzt nahm den Arm des Quarantänevogts, der so schwach war, daß er sich kaum aufrecht zu erhalten vermochte. Aber nur wenige Schritte hatten sie sich entfernt, als der Mann, welcher den Arzt herüberruderte, in der Jolle laut aufschrie. Schnell wandte sich jener dorthin.

»Das ist der Schrei eines Mannes, der bald für immer verstummen soll,« sagte der Arzt. »Wenn ich diesen Ton höre, weiß ich, was ihm folgt. Er war der letzte von denen, die aus der Korvette mit mir herübergekommen sind. Dachte, der kräftige Mann würde dem Fieber widerstehen. Nun ist auch diese Hoffnung dahin.« –

Er brachte den Matrosen mit vieler Mühe an das Land und ließ ihn darauf aus seinen Armen auf den Schnee gleiten:

»Du bekommst ein kühles Lager, mein Junge. Aber ich bin nicht stark genug, dich auf ein anderes zu tragen. He! Holla! Ist niemand da, der mir eine Hand leiht?«

Ole Neen war bei Wege und trug den Kranken hinein. Es war still am Strande.

Skuld ging den Geschäften des Hauses nach. Jerta hatte ihr versprochen, ruhig zu sein, und darauf bauend, entfernte sie sich. Auf das Geräusch, welches die Neuangekommenen verursachten, erschien Jerta, um sich nach dem, was vorgefallen war, zu erkundigen; dann kehrte sie in ihre Kammer zurück.

In dem Hause war alles still. Der alte Herr war auf sein Lager gesunken und stöhnte. Auf der andern Seite der großen Stube lag der erkrankte Matrose. Der Arzt war mit ihm beschäftigt. Er konnte sich nicht entschließen, den Hilflosen zu verlassen, obgleich es ihn mächtig an Bord zurücktrieb. Skuld und Ole Neen standen am Feuer und waren gewärtig, wo ihre Hilfe nötig werden sollte. So brach die Nacht herein.

Da öffnete sich die Tür von Jertas Kammer. Sie huschte die Treppe hinab und hielt einige Male an, zu horchen, ob man sie auch höre. Alles blieb ruhig. Dann trat sie hinaus vor die Tür und zog eine brennende Laterne hervor, welche sie bis dahin mit dem Mantel versteckte. Bei dem Schein derselben fand sie den Weg nach dem Boote des Doktors.

Die nordischen Mädchen an der Küste sind von Jugend auf mit der See vertraut. Sie führen das Ruder oder das Steuer und wissen ihren Kurs wohl zu halten. Mit Mühe löste sie die steifgefrorenen Fangleinen, die Richtung erspähend, welche sie zu nehmen habe. Die See war erregt und eine tiefe Dunkelheit herrschte. Hier und da blitzte es auf. Bald war es eine überrollende Welle, bald ein Stück Eis. Die einzelnen Schollen fuhren krachend zusammen. Eine schob sich unter die andere und sie türmten sich allmählich zu Hügeln empor. Die Schrecken und Gefahren wuchsen mit der Minute. Jerta achtete nicht darauf. An dem großen Mast der königlichen Korvette hing eine brennende Laterne. Das war ihr Leitstern.

Als sie das Ruder ergriff, rollte eine Welle heran. Sie hob das leichte Fahrzeug und warf es seitwärts, daß es Wasser schöpfte.

Eine Eisscholle schrammte dagegen und es war nahe am Kentern. Einen Augenblick zitterte Jerta, dann warf sie das Ruder herum und brachte die Spitze des Fahrzeuges der zunächst heranrollenden Welle entgegen. Als diese wieder in die See zurückrauschte, führte sie die Jolle mit sich fort, sie war in dem Dunkel der Nacht verschwunden.

In der Glut des Fiebers wälzte sich Osrick auf einem Lager. Die Besinnung war ihm entschwunden. Allein lag er in der finstern Kajüte und stieß dumpfe Schmerzenslaute aus. Da öffnete sich die Tür und herein schwebte eine weibliche Gestalt. Es war Jerta, die im Vertrauen auf Gottes Barmherzigkeit und durch die Allmacht ihrer Liebe den Kampf mit den Elementen bestand. Als sie das Verdeck betrat, sank sie kraftlos zusammen. Mit aller Anstrengung vermochte sie sich nicht zu erheben. Unwillkürlich übermannte sie der Schlaf. Die Augen schlossen sich.

Totenstille herrschte an Bord. Nur die See grollte und jagte einen schweren Eisblock wie einen Spielball vor sich her. Mit einer Gewalt schleuderte sie ihn gegen den Bug der Brigg, daß diese in allen Fugen erbebte, von diesem donnerähnlichen Schüttern schreckte Jerta aus ihrem Traumschlafe auf. Einige Minuten vergingen, bis ihr die Besinnung wiederkehrte, dann schwankte sie dem Eingange der Kajüte zu und trat an das Lager des Freundes. Er kannte sie nicht. Aber die nächtliche Erscheinung wirkte so glücklich auf ihn, daß er ruhig in die Kissen seiner Hängematte zurücksank. Jerta betete inbrünstig, beugte sich dann zu dem Freunde herab und flüsterte:

»Nun ist es geschehen, was ich so lange ersehnte. Sie wollten mich zurückhalten und du solltest hier in der Einsamkeit schmachten. Aber sie verstehen sich schlecht auf die Liebe. Gott hat mich durch Sturm und Eisschollen geleitet; er wird mir auch Kraft geben, dir beizustehen und zu helfen. Bin ich aber zu schwach dazu, dann sterben wir mitsammen, mein teurer Freund.«

Osrick sah einen Augenblick auf, als hätte er sie verstanden, dann schlummerte er ruhig weiter.

Als Skuld am andern Morgen in Jertas Kammer trat, war diese leer. Von banger Furcht ergriffen, schrie sie um Hilfe, während Ole Neen seine Braut nicht zu beruhigen vermochte. Der Arzt aber, der

Jerta nur kurze Zeit sah und wenig mit ihr sprach, hatte doch einen tiefen Blick in ihr Inneres getan und sagte:

»Was fragt Ihr viel? Ist sie nicht die Geliebte des jungen Kapitäns? Wo soll sie anders sein, als bei ihm?«

Diese Worte brachten den verschiedenartigsten Eindruck hervor. Skuld verstummte. Sie fühlte, daß es nicht anders sein konnte. Der alte Herr schüttelte ungläubig mit dem Kopfe und fragte:

»Wie sollte das nur möglich sein?«

Ole Neen aber unterbrach seinen Herrn mit den Worten:

»Es ist nicht wahr. Ich selbst habe unser Boot mit der doppelten Kette so fest angeschlossen, daß die kleinen Jungfernfinger es nicht losmachen können. Und selbst dann, wenn es geschähe, wie sollte sie das schwere Boot regieren, da ich die Ruder und das Steuer unter Verschluß habe?«

»Das habt Ihr!« entgegnete der Arzt. »Aber meine Jolle liegt frei am Strande und eine Jungfrau ihrer Art mag es wohl wagen, sich darin der Wut der Elemente preiszugeben.«

Darauf erwiderte keiner etwas. Allein wie auf ein gegebenes Zeichen gingen sie zugleich nach dem Strande, der Stelle zu, wo der Arzt landete. Die Jolle desselben war verschwunden.

»Wir wollen hinüber!« rief der geängstigte Vater, und Skuld faßte den Arm ihres Bräutigams, diesen mit einem ernsten Blicke ansehend. Beide gingen der Stelle zu, wo das große Boot angekettet lag. Der Sturm, der nach dieser Richtung hin wehte, hatte das Eis hoch um dasselbe aufgestaut. Ein einziger Blick belehrte sie, daß es eine Unmöglichkeit sein würde, dieses Fahrzeug zu flotten.

Der Arzt war unterdessen an die Signalstange getreten und strich die bleichgelbe Pestflagge. Dies erregte die Aufmerksamkeit des wachthabenden Offiziers an Bord der Korvette. Das hatte der Arzt gewollt. Mehrere Male machte er verschiedene Zeichen mit den verschiedenen Flaggen, die ihm zu Gebote standen. Sie ähnelten den zwischen den Offizieren verabredeten Signalen. Endlich schien man ihn verstanden zu haben. Auf dem Verdeck ward es lebendig. Zwei Schaluppen wurden herabgelassen und bemannt. Die eine steuerte in der Richtung nach dem Lande zu, die andere hielt auf die Brigg ab. Die Mannschaften arbeiteten mit riesenmäßiger Anstrengung, aber umsonst. Man mußte unverrichteter Sache wieder umkehren.

Drei unerträglich lange Tage, drei längere, schreckensvolle Nächte gingen vorüber. Da endlich, mit dem Anbruch des vierten, wechselte der Wind. Düstere Regenwolken zogen aus dem Süden herauf. Die Eisblöcke schoben sich allmählich seitwärts; eine freiere Strömung stellte sich her. Den wohlgeschulten Matrosen der Korvette ward es möglich, mit ihren starken Schaluppen an das Ufer zu gelangen.

Mit wenigen Worten hatte der Arzt den Offizier über die Lage der Dinge aufgeklärt. Dieser fand sich bewogen, mit den Bewohnern des Eilandes nach der Brigg hinüberzufahren. Nach einer Stunde waren sie seitlängs. Ole Neen enterte zuerst und half den übrigen. Sie betraten mit zitternden Knien die Kajütstreppe. Der Atem stockte. Die Herzen schlugen nicht. Der Arzt, welcher voranging, raffte all seinen Mut zusammen und öffnete die Tür.

Osrick saß in einem Sessel; bleich, abgezehrt, mit schmerzzerrissenen Zügen. Aber das Auge blickte ruhig, das Fieber war aus demselben verschwunden. Der Arzt faßte den Puls des Kranken und rief laut:

»Er ist gerettet!«

»Durch sie!« antwortete Osrick mit leiser Stimme und blickte Jerta an, die verschämt vor ihren Freunden stand und ihnen bittend die Hände entgegenstreckte.

Skuld warf sich vor ihr in die Knie und rief:

»Ich war hart mit dir, als du mir deinen Herzenswunsch verrietest und schalt dich eine Törin. Du aber hast, was du wolltest, auch herrlich vollbracht.«

»Weil ich ihn liebte !« sagte Jerta. »War es denn nicht genug, wenn ich nur mit ihm sterben konnte?«

»Nun aber werdet ihr mitsammen leben, lange und glücklich,« schloß der Arzt.

Der Vater hielt den Sohn innig umschlossen. Skuld aber sagte zu Ole Neen:

»Das hat meinen harten und starren Sinn erweicht. Mein Stolz ist gebrochen, vergib, wenn ich mich oft überhob. Fortan bin ich deine demütige Magd.«

Der ehrliche Bursche wußte nicht, wie ihm geschah. Er drückte die Hand seines Mägdleins und sein Herz schlug in freudiger Rührung.

Und als der neu erwachende Frühling über die See hinstrich und sie so freundlich anlächelte, daß die Eisblöcke zerrannen und die stürmischen Wellen sich glätteten, hatte sich alles herrlich verändert. Das Orlogsschiff war verschwunden und hatte, der erhaltenen Order gemäß, die Brigg an einen Platz gebracht, wo die verdächtige Ladung unter den nötigen Vorsichtsmaßregeln gelöscht werden konnte. Ole Neen hatte das Amt eines Quarantänevogts erhalten. Skuld, als sein angetrautes Weib, erfüllte ihre Pflichten mit herzgewinnender Freundlichkeit. Nach dem Garten hinüber fuhren sie oft in müßigen Tagen. Dort lebten Jerta und ihr Gatte in ungetrübter Freude und der alte Herr war Zeuge ihres Glückes.

Es war ferner nicht die Rede davon, nach dem Süden überzusiedeln, wo zwar auf immer grünen Bäumen die goldenen Äpfel wachsen, aber auch unter ihrer Hülle das verderbliche Fieber lauert. Sie bedurften der hellen Pracht des Südens nicht unter den dunklen nordischen Tannen und Buchen; denn wo die wahre Liebe wohnt, ist überall Frühlingswonne.

Das Dünendorf.

Zwischen den fruchtbaren Marschstrecken der langen und schmalen Küste und der rollenden See liegt in meilenweiter Ausdehnung die weißleuchtende, hochgetürmte Düne. Nur einige allmählich ansteigende Flächen sind sparsam mit Sandhafer bewachsen. Die meisten Gipfel bleiben kahl und die Stürme wirbeln die Staubsäulen bis zu unglaublicher Höhe. Mühsam erklimmt der Wanderer dies schützende Bollwerk und steht inmitten einer Wüste, die nichts Lebendes kennt, als die Bergenten, die in tiefen Höhlen nisten. Hierher kommt niemand, als um Mitternacht der schlaue Schmuggler und der Steuerjäger, der Schritt um Schritt, ein stummer Schatten, mit angelegtem Gewehr seine Spur folgt.

Da plötzlich öffnet sich in dieser »Welt des Sandes« ein Tal. Der Wanderer sieht überrascht ein Dorf mit einigen zwanzig Häusern. Es sind eigentlich nur Hütten, allein sie sind sauber und wohl erhalten. Bäume gedeihen in der rauhen Seeluft nicht; aber vor jeder Haustür ist ein grünes Fleckchen und im Hochsommer schaut aus manchem Rasen ein helles Blumenauge zum sonnigen Himmel auf.

Es ist eine Fischerkolonie, dies in den Dünensand eingeheimte Dorf. Seine Bewohner, abgehärtet in Wind und Wetter, in dem Kampf mit den Elementen erstarkt, haben zur Frühjahrs- und Herbsteszeit manchen halbverlorenen Segler wieder auf den rechten Steuerkurs gebracht. Aber, wenn die andern auch das ihrige erhielten, für sich selbst brachten sie nie etwas vor sich. Sie waren zufrieden, wenn der für den Winter gesammelte Vorrat reichte, bis der neue Frühling neues Leben in die erstarrten Eismassen brachte, die sich zwischen See und Land aufbauten.

Die Hütten lagen in dem von zwei allmählich ansteigenden Höhen gebildeten Talkessel. Nur zwei derselben standen an den entgegengesetzten Enden der Kolonie ein Stück Weges die Anhöhe hinauf und sahen, gleichsam als wären sie die gebietenden Herren, vornehm auf das Dörfchen herab. Und doch waren die Bewohner dieser beiden Hütten gerade die ärmsten. Wie vor ihrer Tür, die ihrer Lage nach den Seestürmen am meisten ausgesetzt war, nie ein Grashalm keimte, so hatte das Glück nie einen Fuß über die Schwelle dieser Tür gesetzt.

Die beiden Männer vom Berge hatten manchen Strauss zur See bestanden und sich bei harter Arbeit aneinander gewöhnt. Die Bewohner des Tales hielten sich streng abgeschlossen. Als jene einst an die eine oder andere Tür klopften, um sich von den heranwachsenden Töchtern eine zum Weibe zu erbitten, wurden sie mit einem Korbe heimgeschickt. Sie blieben unbeweibt. Da sie für niemand zu sorgen hatten, wurde ihnen das wenige, was sie besaßen, noch gleichgültiger. Der Regen sickerte durch das Dach ihrer Hütten. Der Wind strich durch die zerbrochenen Fenster.

Sonst mochte es kaum zwei Männer geben, die in einem so engen Verkehr standen und zugleich so unähnlich an Charakter waren. Hans Blocker von der Westerhöhe war mürrisch, finster, in sich gekehrt. Er haderte mit seinem Geschick und grollte mit der ganzen ihm bekannten Welt. Sah er irgendwo das Feuer auf dem Herde heller brennen oder den Hausmann seinen Vorrat keuchend heranschleppen, wandte er sich fluchend ab oder rief eine Verwünschung hinter ihm her. Die Leute merkten es bald und gaben es ihm tüchtig heim. Wie sollte das Licht in ein so umdüstertes Leben dringen?

Auf der Osthöhe wohnte Broder Jans, ein stiller besonnener Mann. Er hatte keine Ursache, seinem Nachbarn besonders dienstfertig zu sein; aber er war freundlich, grüßte jeden und stand bereitwillig Rede. Er beneidete die Wohlhabenden nicht, sondern sagte nur manchmal kopfschüttelnd, wenn er sein Netz leer aus der See zog:

»Wunderlich! die großen Fische kommen nicht zu dem kleinen Mann und für die kleinen sind die Maschen meines Netzes zu groß.«

Manchmal aber kam es doch vor, daß dieser oder jener Fang gelungener ausfiel. Dann gingen die beiden Höhenbewohner in das nächste Bauerndorf, wo sich immer Aufkäufer fanden, die ihnen ihre Waren abnahmen. So ein Tag war heute gewesen. Sie hatten einige Schillinge in der Tasche, was lange nicht der Fall gewesen war.

Beide waren auf dem Wege zur Schenke, um sich vor dem Heimgange einmal gütlich zu tun. Da traf es sich, daß ein Bauer den Broder Jans im Gespräch aufhielt. Er hatte den armen Dünenfischer bei einer früheren Gelegenheit kennen gelernt und wohl im Gedächtnis behalten. Darum grüßte er ihn jetzt freundlich und meinte, zur Schenke käme er noch frühzeitig genug; er solle nur mit ihm kommen, denn er wolle ihm einen Verdienst nachweisen.

Nach zwei Stunden, als es bereits stark dämmerte, verließ Broder Jans den Bauernhof und ging der Düne zu. An die Schenke dachte er nicht mehr. Die Aussicht auf eine lohnende Arbeit war ihm eröffnet und dann hatte er mit dem Bauer eine reichliche Mahlzeit gehalten, was ihn aber im ganzen fröhlich machte, das waren die guten Eindrücke, die er unter jenem Dache empfangen. Das stille Familienleben hatte ihn angeheimelt. Neidlos, wie er war, sah er das fremde Glück nicht mit giftigen Augen an. Aber eine tiefe Sehnsucht erwachte in seinem Herzen und als er in seine einsame Hütte trat, seufzte er laut.

Hans Blacker war geradesweges zur Schenke gegangen und schimpfte bei seinem Kruge Bier auf den Nachbar, der ihn sitzen lasse. Da er die Zeit nicht hinzubringen wußte, trat er an den nächsten Tisch, wo einige lose Bursche – Strandläufer oder andere Taugenichtse – saßen und doppelten. Nicht lange dauerte es und Hans Blacker saß mitten unter ihnen. Bald waren die wenigen Schillinge hin. Sie reichten nicht einmal, die Trink- und Spielschuld zu decken. Als er dem Wirt nicht gerecht werden konnte, warf ihn dieser, von dem Gelächter der übrigen angefeuert, zum Hause hinaus. In dem Zustande der höchsten Aufregung kam Hans Blacker heim.

Ein furchtbares Unwetter, welches schon während des ganzen Abend gedroht hatte, brach plötzlich los und warf sich mit aller Macht auf die erschrockene See. Der Blitz riß die herabhängenden Wolken auseinander und ließ die See taghell aufleuchten. Der Donner rollte durch die Dünentäler. Von den einschließenden Höhen stürzte der Regen herab.

Wenn der Donner rollt und der Blitz leuchtet, springt der Küstenbewohner von seinem Lager auf und eilt dem Strande zu, wo die See ihm die schäumende Brandung in das Gesicht wirft. Sein geübter Blick erspäht, was jedem Binnenländer ein Rätsel bleiben würde.

Aber in dieser Nacht lag der Schlaf bleiern auf den Bewohnern des Dünendorfes. Es hörte keiner das Heulen des Sturmes, den herabrauschenden Regen, die anbrandende See. Halb erschreckt fuhr wohl einer aus seinem Traumschlaf empor, sank aber gleich darauf, unverständliche Worte murmelnd, auf sein Lager zurück.

Nur auf der Ost- und Westhöhe ward das Unglück gehört. Beide Bewohner derselben waren von den Erlebnissen des Tages zu erregt. Der Schlaf floh vor ihnen. Sie standen vor der geöffneten Tür und schauten erwartungsvoll auf die See. Jeder Augenblick konnte etwas Unerwartetes bringen, das eines entschlossenen Mannes Beistand erforderte.

»Wenn ein Schiff in diesem Sturm an unser Eiland verschlagen würde!« sprach Hans Blacker vor sich hin. »Vielleicht bei der gelben Düne oder da herum. An ein Loskommen wäre nicht zu denken und also ein guter Fang zu machen.«

Hans Blacker dachte an das damals geltende Strandrecht, das eigentlich das schreiendste Unrecht war. Es gab einen gesetzlichen Bergelohn, der dem Gretteten die Haare sträuben machte und in den Kirchen betete man mit Herz und Mund für einen gesegneten Strand.

Der Sturm, so heftig er war, dauerte nicht lange. Bald hatte es abgeweht. Die Wolken verloren sich und der Himmel wurde klar. Wer der wilden Bö entkommen war, fand einen Leitstern, dem er getrost nachsteuern konnte.

»Es ist ein Gang!« sagte Hans Blacker zu sich selbst. »Wenn ich etwas will, muß ich es gleich wollen, bevor sie im Dorfe die Witterung kriegen oder irgendein schäbiger Steuerjäger von drüben heraufkommt. Das Volk hat eine feine Nase. Frisch daran. Ich kenne jede Furt und bin mit Tagssanbruch der gelben Düne seitlängs.«

Er versah sich mit dem Notwendigsten und ging hinab zum Strande, wo sein Boot lag. Vorsichtig steuerte er hart am Ufer entlang, durch die seichten Stellen, oft von der schäumenden Brandung überholt, in steter Gefahr, von einer Welle gefaßt und in die See gerissen zu werden. Endlich kam er bis zu der vorspringenden gelben Düne, unter deren Schutz sein Boot wie in einem Teiche lag. Hier war nirgends etwas zu sehen. Aber der Morgen dämmerte auch kaum.

»Vielleicht da oben!« dachte Hans Blacker, sprang aus seinem Fahrzeuge und stieg die Düne hinan. Oben angelangt, schrie er laut auf. Ein kleines Küstenschiff, halb Schoner, halb Galeas, wie solche in jenen Gewässern häufig gesehen werden, lag, von der Brandung auf die Seite geworfen, in der Nähe des Strandes. Mit Blitzesschnelle war er unten. Da lag auch das gekenterte Boot des gestrandeten Schiffes. Das Ende eines zerrissenen Kabels hing darüber hin. Der kundige Seemann begriff, daß die Mannschaft versucht hatte, eine Verbindung mit dem Schiffe und dem Lande herzustellen. Aber das Kabel riß und das Boot kenterte. Wohin hatte die Flut die Leichen getrieben? Der vor einer Stunde umgesetzte Stromgang hatte sie vielleicht seewärts fortgeschwemmt.

Hans Blacker sah sich nicht weiter danach um. Er dachte kaum daran, ob er es auch tun müsse, sondern hastete sich ab, an Bord zu kommen. Das gekenterte Boot mit den geknickten Rippen war nicht zu flotten. Die Ebbe strömte reichlich ab. Er konnte vielleicht durch die Brandung waten. Das Glück war mit ihm. Der schäumenden See gewohnt, wußte er derselben geschickt auszuweichen und stand bald seitlängs an dem Wrack.

Kaum auf dem Verdeck angelangt, bellte ihn ein Hund an, der mit einem Tau an den Mast gebunden war, damit ihn die See nicht fortspüle. Hans Blacker bekümmerte sich nicht um das Tier und ging geradesweges in die Kajüte.

Ein erschreckender Anblick bot sich dar. Auf dem Boden lag eine weibliche Leiche. Ein morscher Decksbalken, der bei dem heftigen Stoße gebrochen war, hatte ihr im Herabstürzen den Schädel zerschmettert. Einen Augenblick stand er erbleichend vor der Leiche, dann aber wandte er sich ab. Er war, von einer unsichtbaren Macht getrieben, an Bord dieses Schiffes gekommen. Von dem Ausbruche des Sturmes an, bis zu dieser Minute hatte es in seinem Innern gesprochen: »Dein Glück blüht! Greife zu, aber schnell!«

»Und das will ich auch!« antwortete er sich selbst. Keine Macht soll mich hindern zu nehmen, was sonst andern in die Hände fällt, die nach mir kommen. Das da ist eines von den Fahrzeugen, die mit den nordischen Inseln Handel treiben und wenn sie heimsteuern, ist das Spind ja mit guten Silbertalern gefüllt. Da wäre ich auf einmal all mein Elend los.«

Rasch trat er zu den beiden Pfeilern, zwischen denen der Schrank befindlich ist, worin der Kapitän sein eigenes sowie das ihm anvertraute Geld, die Schiffspapiere und andere wertvolle Gegenstände aufbewahrt. Die Tür war bald gesprengt. Eine reiche Beute lachte ihm entgegen.

Was Hans Blacker auch immer erhoffte, soweit hatte seine Phantasie sich doch nicht verstiegen. Ein großer Beutel mit Talern stand vor seinen Augen. Hinter demselben erblickte er einen zweiten, kleineren, worin er, als er ihn mit zitternden Händen öffnete, eine große Zahl blanker Goldstücke fand.

Es dauerte lange, bis sich seine Aufregung legte; dann aber steckte er das Gold in die weiten Taschen seines Wamses und warf den Sack mit Talern auf die Schultern. Als er hart bei der Leiche vorüberging, schauerte er unwillkürlich zusammen und murmelte, um sein Gewissen zu beschwichtigen: »Wenn ich das da in Sicherheit gebracht habe, will ich sie begraben.«

Er kam glücklich an den Strand zurück. Das Geld konnte er nicht offen durch das Dorf tragen. Die Nachbarn hätten es gesehen und ihm sein Recht daran verkümmert. So beschloß er, den Sack zu vergraben und zur Nachtzeit in Sicherheit zu bringen. Bald war die leichte Arbeit geschehen und als Wahrzeichen wurden einige Steine auf die Stelle gelegt.

Nun dachte Hans Blacker flüchtig daran, an Bord zurückzukehren und die tote Frau abzuholen. Da glitt wie zufällig sein Blick längs der gelben Düne. Auf ihrer Spitze sah er einen Mann stehen. Er erschrak, denn er hielt sich für entdeckt. Aber bald überzeugte er sich, daß jener so stand, daß er ihn gar nicht sehen konnte und schnell und beruhigt sagte er vor sich hin:

»Der da wird auch an Bord gehen und kann statt meiner das Wrack vernichten, um so mehr, als er nichts anderes zu tun findet. Daheim aber können sie sich in acht nehmen. Bis heute haben sie mich mit Füßen getreten, von dieser Stunde an trete ich sie.«

Er kehrte zu seinem Boote zurück und fuhr bis zu dem Landungsplatze im Dorfe. Mit seinen leeren Netzen stieg er fluchend die Westhöhe hinauf. Zwei Männer, die des Weges kamen, sahen sich an und der eine sagte:

»Da kommt Hans Blacker. Ist bei dem Unwetter die Nacht draußen gewesen und hat keine Flosse gefangen. Tut mir eigentlich leid.«

»Was leid!« sagte der zweite. »Solange der Kerl lebt, hat er mit keinem Christenmenschen auch nur das geringste Mitleid gehabt. Warum sollen wir es mit ihm haben? Möchte es Euch auch gar nicht raten, ihm ein freundliches Wort zu sagen. Er würde Euch schön abführen. Ob es heute nacht etwas gegeben hat? Es soll tüchtig gebrieset haben.«

»Meine Alte sagt es!« entgegnete der erstere. »Können uns ja einmal umtun.«

Die beiden Männer beschlossen, sich nach einem Wrack umzusehen, das Hans Blacker schon ausgebeutet hatte und dem jetzt der Mann zuschritt, der auf der Spitze der Düne sichtbar wurde.

Dieser Mann war Broder Jans. Auch er trat in der Nacht vor die Tür hinaus und folgte dem Verlauf des kurzen, aber gewaltigen Unwetters mit kundigem Auge. Sein richtiger Blick zeigte nach der gelben Düne, die sich zu Lande leichter erreichen ließ und da stand er nun. Als Hans Blacker an der Ostkante seinen Schatz vergrub, stieg er, ohne eine Ahnung von dem zu haben, was in seiner Nähe vorging, an der Westkante herab. Er sah das gestrandete Schiff und versuchte, es zu erreichen. Mit einem tiefen Atemzuge betrat er das Deck. Der Hund am Mast winselte ihm entgegen.

»Armes Vieh!« sagte Broder Jans und band ihn los. Der Hund sprang empor; die Zunge hing ihm aus dem Halse.

»Dir fehlt's am besten,« fuhr Broder Jans fort und sah sich nach dem Wasserfasse um. Bald hatte er den Hund getränkt und da ein Fischer sich selten auf eine Schwimmfahrt begibt, ohne mindestens ein Stück Brot in der Tasche zu haben, teilte er seinen Vorrat mit dem hungernden Tier. Erst dann sah er sich näher auf dem Verdeck um, des Hundes nicht achtend, der zur Kajütskappe sprang und als er die Tür eingeklinkt fand, jämmerlich winselte. Als er endlich die Tür öffnete, sprang der Hund heulend die Treppe hinab. Gleich darauf stand Broder Jans vor der erschlagenen Frau. Er begriff, wie alles gekommen war und sagte:

»Das Volk hat das Schiff verlassen, um Hilfe vom Lande zu holen. Dabei sind sie verunglückt. Das ist mir klar. Aber laßt uns weiter sehen.«

Ehe er dies ausführen konnte, sah er, wie der Hund die Leiche verließ und an die Tür kratzte, welche in die anstoßende Kammer führte. Rasch drückte er sie auf und blieb vor Erstaunen mit halboffenem Munde stehen. Von der Decke herab hing eine schwebende Wiege und in derselben lag ein dem Anscheine nach dreijähriges Kind, das die Ärmchen weinend dem Hunde entgegenstreckte, der zu ihm hinaufsprang.

»Das sind seltsame Beutestücke!« dachte Broder Jans. »Aber es ist meine Christenpflicht, zuerst dieses kleine unschuldige Menschenleben zu retten. Wir behalten wohl schmuckes Wetter den Tag über und ich komme mit den Nachbarn zurück, um der toten Frau den letzten Liebesdienst zu erweisen. Erst aber will ich sehen, ob ich nichts von Papieren finde, die zu bergen sind, für den Fall, daß ein Unglück geschieht, während ich weg bin.«

Er trat zu dem Spinde hin, aus welchem Hans Blacker das Geld genommen, und fand zu seiner Verwunderung denselben nicht nur offen, sondern den Inhalt auch durcheinander geworfen, während doch vor dem Beginn der Reise alles so festgezurrt wird, daß es sich nicht verrücken kann. Es mußte schon jemand vor ihm hier gewesen sein. Aber wer? Oder hatte der Schiffer selbst, bevor er von Bord ging, das ihm Unentbehrlichste herausgenommen? Darüber zu grübeln, war jetzt nicht Zeit. Er steckte mehrere Papiere und eine Brieftasche zu sich, nahm das Kind auf den Arm, pfiff dem Hunde und stieg vom Bord in die rauschende See. Der Hund sprang ihm bellend nach.

Das war ein Wundern, als Broder Jans das Dorf betrat. Er erzählte, was geschehen war, und sagte dann, die Gemeinde müsse das Kind bei sich aufnehmen. Als aber einige dies mit barschen Worten von sich wiesen, meinte er, daß er es selbst behalten wolle. Der Herrgott habe es ihm sichtbarlich zugewiesen und er werde es nicht verstoßen. Eine Frau, die hinzugetreten war, sagte:

»Das ist gut gedacht, Nachbar. Gib mir aber einstweilen das Kind. Es weint zum Erbarmen und ich will es tränken. Derweil siehe du zu, welches weitere Strandgut du findest.«

So geschah es. Alles, was im Dorfe an Mannsvolk vorhanden war, ging nach dem Ende des Sandes am Fuße der gelben Düne. Nur von Hans Blacker war nichts zu sehen. Seine Tür blieb verschlossen.

Besonnen gingen die Männer an ihr Werk. Die Flut war im Wachsen und das gestrandete Schiff vom Lande nicht mehr zu erreichen. Darum wurden schnell die Boote geflottet. Ihr erstes Geschäft war, die Leiche an das Land zu bringen. Es gab noch keinen Gottesacker mit der Bezeichnung: »Heimatstätte für Heimatlose«; darum bereiteten sie ein Grab auf einer hochgelegenen Stelle der Düne und als sie die Leiche da hinein legten, sprachen sie ein stilles Gebet. Auf das zugeschüttete Grab legten sie darauf sieben Steine in Form eines Kreuzes. Das ist der fromme Brauch am Strande. Mag auch der nächste Sturm den Dünensand darüber werfen, daß er vor den Augen der Menschen verschwindet, dem Auge Gottes ist das Werk der Barmherzigkeit offenbar.

Von den Kaufmannsgütern, die sich am Bord befanden, vermochte man bis zum Abend nur wenig zu bergen. Als die Sonne unterging, erhob sich der Sturm aufs neue und mit solcher Heftigkeit, daß beim Anbruch des Tages das Fahrzeug zu einem rettungslosen Wrack geworden war.

Die Strandreiter, die unterdessen auch Kunde bekommen, eilten mit dem Strandvogt herbei und das Beutemachen auf eigene Hand hatte ein Ende.

Broder Jans ging in sein einsames Haus auf der Osthöhe zurück, nicht ohne das gerettete Kind mit sich zu nehmen, begleitet von dem Hunde, der sich nicht von ihm trennte. Das Kind war ein schmuckes Mädchen, das nur einzelne unzusammenhängende Worte in einer Sprache zu sagen wußte, die hierorts niemandem verständlich war. Auch die Papiere, die Broder Jans rettete, waren so geschrieben, daß die beiden einzigen Dorfbewohner, die überhaupt lesen konnten, nach einer gewissenhaften Prüfung erklärten, sie verständen nichts davon. Wollte Broder Jans etwas Näheres wissen, möge er den Steuervogt oder den Pastor im Kirchdorfe zu Rate ziehen. Er versprach es auch; aber die nächste Sorge war immer die erste. Gab viel zu schaffen in der Hütte eines armen Mannes, wo statt *eines* Kostgängers sich plötzlich deren *drei* einfinden. So wurde die Untersuchung der Papiere immer weiter hinausgeschoben und am Ende gar vergessen.

Aber mit dem Mägdlein war ein Segen in die Hütte des armen Fischers gekommen. Es hatte ein holdseliges Angesicht und die Aeuglein blickten so hell. Die Weiber im Dorfe, die selbst Kinder hatten, rechneten dem Broder Jans seine Tat hoch an. Sie leisteten ihm Vorschub mit Kleidungsstücken und sonstigen Dingen, die einem jungen Kinde nötig sind, und wovon die Männer nichts wissen. Auch den Hausvätern ging es zu Herzen und sie sprangen mit Rat und Tat bei. Als die Kunde von dem Ereignis in das nahe große Dorf kam, wo der Bauer wohnte, der auf den armen Fischer so große Stücke hielt, hatte vollends alle Not ein Ende. Es kamen der Liebesgaben so viele, daß er sie kaum verbrauchen konnte. Was aber die Hauptsache war: die Kundschaft vergrößerte sich und er hatte so vielen Verdienst, daß er bald sein kleines, halbleckes Boot auflegen und an den Kauf eines neuen, seefesten, denken konnte.

So gingen nun die Tage fröhlich hin.

Eine Reihe von Jahren war verstrichen. Das aus dem Schiffbruch gerettete Mägdlein war zu einer blühenden Jungfrau herangewachsen. Broder Jans nannte sie Heilwig. So hieß seine Mutter und er hatte das hilflose Kind gleich im ersten Augenblicke so lieb gewonnen, daß er es nicht freundlicher zu nennen wußte als mit diesem Namen. Aber Heilwig nahm sich des Hauswesens tüchtig an und brachte im Arbeiten etwas vor sich. Alle Weibsleute mußten es eingestehen.

Herrschte nun in der Hütte auf der Osthöhe ein sich mit dem Laufe der Tage steigendes, friedliches Glück, hatte es sich dagegen unten im Dorfe allmählich gar sehr verändert. Finsteres Unheil senkte sich auf das einsame Dünendorf herab. Und dieses Unglück braute zusammen in der Hütte des Hans Blacker auf der Westhöhe. Er hatte es den Dörflern geschworen, daß er ihnen die Verachtung, die sie ihm bewiesen, heimzahlen wolle, sobald er könne. Und er tat es wie ein rechter Teufel, als ihm die Macht dazu gegeben ward. »Von Haus und Hof sollen sie mir, so wahr ich das Leben habe!« sprach er damals in seinem Grimme, als er noch nicht wußte, wie er diese Worte wahr machen sollte und er wiederholte sie in jener

Nacht, als er den am Fuße der gelben Düne vergrabenen, vom Bord der gestrandeten Schoner- Galeas entwendeten Beutel heimbrachte.

Ein paar Tage nach jenem Ereignis begab er sich mit großem Geräusch auf die Reise. Ihm war darum zu tun, daß jedermann erführe, er sei nicht etwa nach dem nächsten Kirchdorfe gewandert, sondern nach der Hafenstadt am Westford. Dahin jage ihn ein Traum der letzten Sonntagsnacht, und man werde schon erleben, daß er das Glück mit sich heimbringe auf die Westerhöhe. Aber dann wolle er von derselben herabkommen, daß alle zittern und beben sollten.

Das erzählten die Leute einander. Und wie es zu geschehen pflegt, malte der zweite das Bild mit grelleren Farben als der erste, und der dritte ging noch einen Pinselstrich weiter als der zweite. So wuchs das Gerücht, bis Hans Blacker heimkam, einen Kittel von dem besten Tuche auf dem Leibe, große Stiefeln an den Füßen und eine nagelneue Pelzmütze auf dem Kopfe; alles Dinge, die man in dem Dünendorfe nur hier und da an hohen Festtagen und auf der Westerhöhe bislang nie sah.

Hans Blacker hatte nichts Eiligeres zu tun, als nach der Schenke zu gehen und sich in seinem Glanze zu zeigen. Als er eintreten wollte, kam Broder Jans gerade vom Strande herauf und der von ihm gerettete Hund sprang bellend vor ihm her. Als das Tier den Hans Blacker erblickte, stellte es sich ihm in den Weg und zeigte ihm grimmig fletschend die Zähne. Das Tier schien den Mann wieder zu kennen, der erbarmungslos an ihm vorüberging, als es an dem Maste festgebunden war.

Broder Jans hatte genug zu tun, den Hund an sich zu locken. Sein früherer Maat sah ihn mit einem grimmigen Blicke an und rief höhnisch:

»Tust dir wohl etwas zugute auf das Beutestück, das du dir von deiner Strandfahrt mitgebracht hast? Aber so hoch du deine Nase auch trägst, ich bringe dich doch herunter von deiner Osthöhe, du Lump!«

»Wenn du über den Lump, den du in dir hast, auch einen noch so feinen Kittel ziehst, ist er darum doch deutlich zu erkennen!« entgegnete Broder Jans und wollte noch ein schweres Wort hinzufügen, da fiel sein Blick auf den Hund, der noch immer unruhig war. Er gedachte des offenen Schrankes am Bord der Schoner- Galeas, worin alles unter- und übereinander lag. Ihm fiel die tote Frau ein und das hilflose Kind in der Kammer. Ihn überlief ein Frösteln. Es schnürte ihm die Kehle zusammen und er vermochte keinen Laut hervorzubringen.

Hans Blacker hatte polternd und scheltend die Schenke betreten, wo ihm nichts gut genug war. Bald nachher erzählte die Wirtin der Nachbarin, Hans Blacker habe drei Nummern geträumt, die er in die Lotterie gesetzt und ein großes Geld darauf gewonnen habe. Ihr Mann sei verschuldet und der Hans Blacker habe ein Gebot auf das ganze Gewesen getan. Viel werde, wenn die Schuld bezahlt sei, nicht übrig bleiben; aber man komme doch von den Gläubigern los und könne an einem andern Orte von vorn anfangen. Als Hans Blacker später nach Hause ging, war er Herr der Schenke und die seitherigen Besitzer mußten andern Tages abziehen. Das hatte er bei dem Kaufe ausgemacht.

Noch waren nicht drei Wochen ins Land gegangen, da besaß der Bewohner der Westerhöhe noch drei andere Gewesen, die der Schenke zunächst lagen. Er hatte den bisherigen Besitzern ihr Eigentum abzuschwatzen gewußt, indem er sie in ihren Vorurteilen bestärkte. Es war nämlich auch bis in diese unwirtlichen Gegenden die Runde gekommen von dem großen Glücke, das der deutsche Auswanderer mache, wenn er nach Amerika komme. Eine große Anzahl von Hufen des fettesten Bodens würde für einen Spottpreis und ganz abgabenfrei verkauft und wer eine Handvoll Geld mitbringe, der könne mit leichter Mühe ein großes Glück machen. Das gefiel den Leuten, die hier im steten Kampfe mit der See ein mühevolles Dasein fristeten und da ihnen die Aussicht auf ein künftiges Herrenleben eröffnet ward, griffen sie mit beiden Händen zu.

Und wie Hans Blacker es mit dem ersten machte, so tat er es nach und nach mit den übrigen. Man konnte sagen, daß er binnen Jahresfrist Herr des Dorfes ward, denn entweder kaufte er Haus und Land an sich oder er schoß Geld vor und ließ sich eine Verschreibung geben. Die Häuser der Ausgewanderten vermietete er an solche, die als die erste Bedingung geloben mußten, sich nach seinem Gebote zu richten und nichts anderes zu wollen, als was ihm recht sei. Auf diese Weise gewann er eine immer größere Macht im Orte und man konnte sagen, er habe seine Drohung wahr gemacht, alles Volk im Dorfe zu zwingen, ihm dienstbar zu sein.

Nur mit einem vermochte er nichts anzufangen und das war Broder Jans auf der Osthöhe. Darum wuchs sein Groll gegen diesen und er sann Tag und Nacht, wie er ihm ein Bein stelle. Es fiel ihm aber nichts bei und er konnte nichts tun, als in der Schenke seinen Zorn in Bier und Branntwein ertränken. In dieser Schenke ging es wüst her. Sonst ließen die Dorfleute nur an Sonn- und Festtagen oder wenn die See reiches Strandgut lieferte, etwas draufgehen. Jetzt war es anders. Sie hatten nichts mehr zu verlieren und konnten nichts mehr gewinnen. Bei harter Arbeit fristeten sie notdürftig ihr Dasein. Was Wunder, daß sie bei der Flasche Zerstreuung suchten. Da ward getrunken, solange die sauer erworbenen Pfennige reichten oder der Wirt borgen wollte. Dazwischen ward gespielt und das Spiel war der Deckmantel für Lug und Trug. Das gab Anlaß zu harten Worten und empfindlichen Reden. Vom Worte schritt man zur Tat und mancher Abend endete mit einer rohen Schlägerei. Anfangs stemmten sich die Weiber dagegen. Als sie aber sahen, daß ihr Ermahnen nichts fruchtete, gingen sie entweder lamentierend zum Dorfe hinaus oder sie folgten den Männern in die Schenke und ließen es zu Hause gehen, wie es wollte. So stürzte denn der letzte Rest vollends zusammen.

Von all dem Treiben blieb die Osthöhe unberührt. Broder Jans hatte zwar nichts Sonderliches vor sich gebracht, aber er hatte stets einen solchen Verdienst, daß er die drei Pfennige, die einem redlichen Arbeiter zu gönnen sind, immer vorrätig hatte, nämlich den Zehrpfennig, von dem er lebt; den Notpfennig, zu dem er greifen mag, wenn Krankheit oder andere Trübsal ihn an seinem Herde aufsucht, und den Ehrenpfennig, der die Kosten decken muß, wenn ein frohes Ereignis Einkehr bei ihm hält. Ein solcher Tag war nun auf der Osthöhe noch nicht erschienen, aber Broder Jans behielt guten Mut. Er dachte, indem er einen blanken Taler zu dem zweiten in die Pappschachtel legte, die in dem Wandschranke stand: »Macht drei! Man kann nicht wissen, was kommt. Es ist noch nicht aller Tage Abend und was heute nicht ist, geschieht vielleicht morgen.«

Und Broder Jans dachte nicht ohne Grund so. Es gab eines Tages ein eiliges Geschäft für ihn. Ein Bauer, der seines Bootes benötigt war, sandte seinen Sohn auf die Osthöhe. Nun fand der junge Peter Marten zwar den Schiffer nicht zu Hause, aber er traf die Heilwig, über deren Anblick er die ganze Bestellung vergaß, sehr geschämig tat, allgemach dreister ward, und zuletzt ein Langes und Breites schwatzte, was eigentlich niemand verstand, auch die Heilwig nicht. Aber es gefiel ihr gut. Als er ihr zum Abschiede die Hand gab, ward sie über und über rot, und lächelte verlegen, als er hinzusetzte, er werde bald wiederkommen!

»Bald« ist eine längere oder kürzere Frist, je nachdem die Leute sind. Bei Peter Marten dauerte sie drei Tage; das zweitemal noch einen weniger. Stets hatte er ein Gewerbe zu bestellen und stets vergaß er es auszurichten. Und er blieb doch lange genug oben, um sich auf das Vergessene wieder zu besinnen.

Ein wohlhabender Bauernsohn besuchte eines armen Fischers Findelkind. Grund genug, die müßigen Weiber im Dorfe aufzuhetzen, die es der armen Heilwig nicht gönnten, daß sie still und ehrbar in dem Hause ihres Pflegevaters lebte, dieweil sie selbst immer tiefer in Not und Elend versanken. Peter Martens Vater wußte bald von den Gängen seines Sohnes und wetterte das Blaue vom Himmel herunter. Broder Jans aber sagte zu dem Burschen:

»Von heute ab kommst du mir nicht wieder. Dein Vater wird eine Heirat nicht zugeben und daß du auf etwas anderes sinnst, will ich nicht hoffen, sonst schlüge ich dir die Knochen im Leibe entzwei. Du hast hier so viele Gewerbe bestellt, bestelle nun auch das, was ich dir eben sagte, deinem Vater. Das ist dein Bescheid und von morgen ab mußt du dir einbilden, der Weg, der aus deinem Dorfe hier heraufführt, sei durch eine Sturmbö versandet.«

Peter Marten ging traurig davon. Aber er mußte sein Gewerbe richtig bestellt haben, denn der Alte sagte nach einiger Zeit zu seinem Gevattersmann:

»Mein Peter tut mir leid, weil er sich so grämt. Aber die Betteldirne, die noch obendrein ein Findelkind ist, kann ich ihm doch nicht geben. Die ganze Gemeinde käme in Aufstand. Dem Fischer muß ich es aber nachsagen, daß er ein Einsehen hatte. Er wies dem Jungen die Tür und hat sich für alle künftigen Besuche bedankt.«

Mit der Heilung ging es nicht besser als mit dem Peter. Sie schwieg, aber sie grämte sich im stillen. Die Dirne lachte nicht mehr. Die roten Backen bleichten; die Augen standen oft voll Wasser. Ihr Pflegevater grämte sich auch; aber er vermochte es nicht zu ändern und sagte, um sich zu trösten:

»Ich tat meine Pflicht. Wie hätte ich bestehen sollen hier und in der Ewigkeit, wenn die Eltern der Dirne vor mich hintreten und ihr Kind von mir wieder fordern, das der Herrgott in meine Arme legte?«

Wer hätte es gedacht, daß jemand in der Nähe war, der ein Recht hatte, dies anvertraute Gut zurückzufordern?

Von dem Dünendorfe geht es in einem Augenblicke in die große nordische Königsstadt am Sunde, die einer Perle im Golde gleicht. Ein schwerbeladener Kauffahrer steuert an den Hafenbatterien vorüber und legt bei der Zollbude an. Und kaum ist der Verkehr hergestellt, als ein ältlicher Mann mit ergrautem Kopfe an das Land eilt, sich in die Knie wirft, den Erdboden küßt und weinend die Hände zum Gebete faltet. Eine dichte Menschenmenge sammelt sich um ihn.

Der Mann ist einer jener Unglücklichen, die sich auf dem Schiffe eines Staates befanden, welcher mit dem Dei von Tunis und Algier keinen Vertrag geschlossen hatte, wodurch ihm gegen einen an die Barbaresken zu zahlenden Tribut gestattet wurde, die Mittellandssee zu befahren. Es gab eine solche Zeit, wo christliche Könige sich demütigten vor den Türken, indem sie mit ihnen solche Verträge schlossen. Diese Zeiten sind, Gott sei Dank, vorüber. Damals bestanden sie noch. Das Schiff, welches keinen Türkenpaß hatte, wurde, wie es in der Seesprache heißt, kondemniert und die Mannschaft sowie die Passagiere auf dem Sklavenmarkt verkauft. Sie trugen dann diese schmachvollen Ketten so lange, bis es der christlichen Barmherzigkeit gelang, sie loszukaufen und ihnen die Freiheit wiederzugeben.

Ein solches trauriges Geschick hatte dieser Mann viele Jahre ertragen. Jetzt ging er zur Freiheit ein. Er ward mit Jubel bewillkommt und von einer großen Menschenmenge nach dem Hause geleitet, welches er früher bewohnte, denn er war in der Königsstadt am Sunde geboren.

Aber, wie hatte sich hier alles verändert. Als der Mann, der Knudson hieß und ein angesehener Handelsmann war, sich von seiner Familie trennte, geschah es, um eine Reise nach der Mittellandsee zu tun, die zwar gefahrvoll, aber auch lohnend war. Knudson tat es, um sich die Möglichkeit zu verschaffen, desto eher in unabhängiger Ruhe nur den Seinen leben zu können. Während seiner Abwesenheit sollte seine Familie auf dem Festlande leben. Um sie sicher dorthin zu bringen, hatte er selber eine Schoner-Galeas befrachtet und dem Schiffer Frau und Kind sowie bedeutende Wertpapiere übergeben. Er selbst brachte die Seinen an Bord und sah sie an der Zollbude abfahren. Tags darauf trat er seine Reise an, die für ihn so verhängnisvoll werden sollte.

Er betrat sein Haus und kannte es nicht wieder. Fremde Menschen wohnten darin, die nichts von ihm wußten. Ein Mann wies ihn achselzuckend an einen Advokaten, der früher die Gerechtsame des verschollenen Knudson vor Gericht aufrecht erhalten haben sollte. Nach vieler Mühe gelang es ihm, mit Hilfe dieses Ehrenmannes, einzelne Trümmer von dem Vermögen zu retten, das ihm gehört hatte. Schwer fiel es ihm auf das Herz, daß in der langen Zeit seiner Abwesenheit sein Weib nicht Schritte getan hatte, von ihm etwas zu erfahren. Mit großem Eifer, aber auch sehr beklommen, machte er sich daran, sich nach ihr zu erkundigen. Seine Verwandten auf dem Festlande wußten nichts. Man antwortete, die Abreise von Knudsons Frau und Kind sei zwar brieflich gemeldet, aber ihre Ankunft wäre nicht erfolgt. Als man lange genug vergeblich gewartet, sei an Frau Knudson nach Kopenhagen geschrieben. Der Brief kam uneröffnet und mit dem Bemerken zurück, daß die Empfängerin sich nicht mehr dort befände.

Jetzt wandte sich Herr Knudson an die Schiffahrts- Kommission und ließ Tag und Stunde der Abreise, sowie die Namen und die Zahl der Mannschaften und Passagiere, nebst dem Bestande der Ladung, womit die Schoner-Galeas »Soroe« befrachtet war, genau feststellen. Mit diesem Dokumente begab er sich nach dem Bestimmungsorte des Schiffes und überzeugte sich, daß es weder zur Zeit, da es möglicherweise eintreffen konnte, noch überhaupt angelangt war. So blieb nun nichts anderes übrig, als anzunehmen, daß es verunglückt sei. Aber wo?

Von hundert Unglücksfällen zur See erhielt er Kunde. Einer ereignete sich an dieser Stelle, der andere an jener. Auch von einer Schooner-Galeas, die nahezu der gelben Düne geblieben, war die Rede. Näheres konnte nicht angegeben werden, da schon Fischersleute am Bord gewesen wären, bevor die Behörden von dem Fall Kenntnis erhalten hätten. Von den Schiffspapieren sei nichts vorgefunden.

Die gelbe Düne! – dieser Name weckte eine wehmütige Empfindung in der Brust des vielgeprüften Mannes. Mit unsichtbaren Banden zog es ihn dahin.

Im Dünendorfe trieb Hans Blacker sein Unwesen fort. Die Seefahrer erzählen von der harten Behandlung, welche die Neger auf den Plantagen der westindischen Inseln erdulden müssen. Männer, welche die afrikanischen Sklavenketten schleppten, können noch nach Jahrzehnten nicht ohne Tränen von dem Leid erzählen, welches sie ertrugen. Von der Sklaverei in dem Dünendorfe sprach keiner. Sie war eine freiwillig eingegangene.

»Es ist mein!« sagte Hans Blacker zu sich selbst und lachte dabei ingrimmig, denn er hatte niemand, der Freude darüber empfand. Sein Leben bestand darin, wucherische Zinsen einzuziehen, die seine Schuldner ihm zahlen mußten, und die mit harter Grausamkeit erpreßten Taler durch die Gurgel zu jagen. Das trieb er heute wie morgen, bis die Stimme des Gewissens ihn laut mahnend rief. Dann fuhr er von seinem Sitze auf und stürmte ruhelos in den Dünentälern umher, bis er ermattet zusammenbrach.

Broder Jans lebte in gewohnter Weise daheim. Nur Heilwigs Kummer betrübte ihn. Seit der Trennung von dem Geliebten lachte sie nicht mehr. Eben jetzt trat sie zum Vater und meldete mit einiger Erregtheit, daß Peter Martens Vater, der seit kurzem das Amt des Bauernvogts bekleidete, mit einem städtischen Herrn die Osthöhe hinaufsteige. Ihr Gesicht glühte bei dieser Mitteilung und eine Träne glänzte in den schönen Augen. Der Vater hatte es wohl bemerkt. Er sagte ihr ein beruhigendes Wort und ging dann dem unerwarteten Besuche entgegen.

Es war Herr Knudson, der in Begleitung des Bauernvogtes kam, um über die am Steerte der gelben Düne gestrandete Schoner-Galeas Erkundigungen einzuziehen. Broder Jans erzählte ihm, was er wußte, ohne gleich der Leiche und des geretteten Kindes Erwähnung zu tun und fügte hinzu:

»Auch von den Papieren, die an Bord waren, weiß ich. Es war alles, was ich in dem Spinde des Kapitäns fand. Die Tür desselben war erbrochen; es mußte also schon jemand vor mir am Bord gewesen sein.«

»Und wo sind diese Papiere geblieben?« fragte Knudson hastig.

»Die nahm ich mit. Aber, was darin stand, weiß ich nicht, denn ich kann nicht lesen. Verlangt hat sie niemand. Wollte immer damit zum Pastor oder auf das Amt; ward aber von einem Tage zum andern verschoben und zuletzt habe ich sie gar vergessen. Will aber gleich sehen, wo sie geblieben sind.«

Broder Jans kramte in seiner Truhe und brachte ein Paket halb verwitterter Papiere zum Vorschein. Knudson ergriff sie und rief, sie entfaltend:

»Sie sind es! Hier ist der Baubrief der Schoner-Galeas ›Soroe‹, der Meßbrief und die Konnossemente. Und da die Wertpapiere, die ich dem Schiffer anvertraute. Ich hielt sie für verloren und gewinne nun alles wieder durch Euch. Aber, was rede ich viel von Geld und Gut, da mir doch etwas viel Wichtigeres am Herzen liegt.«

Er hielt inne, als fürchte er sich, weiter zu fragen. Der Hund, den Broder Jans vom Wrack gerettet, war herangekrochen. Das Tier war alt geworden und hatte das Springen längst verlernt. Aber es zeigte eine eigentümliche Unruhe und hielt sich nahe an Knudson.

»Das war auch einer von der Besatzung der ›Soroe‹, sagte der Fischer und zeigte auf den Hund, der ein dumpfes Geheul ausstieß. Der Kaufmann betrachtete das Tier aufmerksam und sagte nach einer Pause:

»Herr des Lebens, wenn es nicht gar so wunderbar wäre, würde ich sagen, das ist mein *Tiras*.«

Bei diesem Namen richtete sich der Hund hoch auf und bellte laut; dann aber sprang er zu Knudson hin und klammerte sich fest an diesen.

Der Kaufherr konnte seine Rührung kaum bemeistern. Er sah zu dem Fischer auf und sagte:

»Und Ihr wißt nichts von den Passagieren, die am Bord gewesen sind?«

»Ich weiß davon, Herr. Aber weil es Euch so nahe angeht ...«

»Sagt es nur gerade heraus, Weib und Kind, die am Bord waren, sind tot.«

»Zum Teil ist es, wie Ihr sagt, Herr. Ich fand eine Frau, die von einem herabgestürzten Decksbalken erschlagen ward. Sie hat auf der gelben Düne ein christliches Grab bekommen. Was Ihr aber von einem Kinde sagt; ein Mädchen war es doch, Herr?«

»Ja, ein Mädchen. Johanna hieß sie und war mein einziges Kind. Wo? ...«

Broder Jans reichte dem Erschütterten die Hand und sagte:

»Ich nannte das gefundene Kind Heilwig nach meiner seligen Mutter und habe sie in Gottesfurcht erzogen. – Wohin, Herr? Faßt Euch. Ihr sollt Euer Kind sehen. Aber ich muß ihr erst ein Wort sagen. Die Heilwig ist zwar ein starkes Mädchen, aber eine solche Kunde möchte ich ihr doch nicht unvorbereitet bringen. Ich will mit ihr sprechen.«

Er tat es. Und als Vater und Tochter sich fest umschlungen hielten, ging er mit dem Bauernvogt hinaus und sagte:

»Ihr habt groß aufgetrumpft, als Euer Sohn um das arme Fischerkind freite, und wolltet von nichts wissen. Was werdet Ihr nun sagen, wenn der reiche Kaufherr dem Sohne des Marschbauern die Wege weist?«

Knudson hatte seine Tochter wieder. Er hatte das Grab seines Weibes besucht und sagte auf dem Rückwege zu dem Fischer:

»Was ich Euch schuldig ward, werde ich wohl nimmer zahlen können; doch findet sich vielleicht ein Ausweg, Euch meine Dankbarkeit zu beweisen. Aber noch eins. Ihr meintet, es sei schon einer vor Euch auf dem Wrack gewesen und das muß sein, denn von dem baren Gelde, das ich dem Kapitän mitgab, habt Ihr nichts gefunden?«

Bares Geld! Wie Schuppen fiel es dem redlichen Fischer von den Augen. Er sah zu der Westerhöhe hinauf und rief, als hatte er eine

Eingebung: »Hans Blacker!« Dann aber zog er den Kaufherrn mit sich fort und ging geraume Zeit mit ihm am Strande auf und ab.

In jenen Gegenden wechselten Wind und Wetter oft mit der Stunde. So heute. Dichte Wolkenmassen stiegen auf. Der Sturm brandete; die See wogte. Der Donner hallte in den Dünen wieder; Blitze fuhren zischend herab. Hans Blacker saß in seiner Stube hinter dem vollen Kruge allein. Er war so verhaßt, daß selbst die Strandläufer und Schmuggler nicht mit ihm trinken wollten. Das mehrte seinen Grimm. Schwarze Gedanken reiften allmählich in seinem Hirn. Mit blöden Augen stierte er vor sich hin und entschlummerte mit einem Fluche auf den Lippen.

Da rollte ein langhallender Donner über das Dach seines Hauses hin. Ein Blitzstrahl schlug so dicht vor dem Fenster nieder, daß es in der Stube taghell ward. Dazwischen flammten die Fackeln auf, die man draußen anzündete. Broder Jans mit dem Kaufmann und Bauernvogt waren auf der Westerhöhe erschienen und traten in die Behausung des Hans Blacker.

Aber dieser sah sie nicht. Die Traumbilder, die ihn in seinem wüsten Schlummer ängstigten, dauerten fort. Er konnte die finstern, formlosen Gestalten nicht verjagen. Auch wachend trieben sie mit ihm ihr entsetzenvolles Spiel und er fuhr aufschreiend zusammen, als es ihm in die Ohren gellte:

»Steh auf, Hans Blacker! An der gelben Düne liegt ein Wrack.«

Er stöhnte. In seinen Ohren klang es fort:

»Wir waten mit der Ebbe an Bord. Den Hund lassen wir festgebunden, damit er nicht verrät, was wir in der Kajüte tun.«

»Weg mit dem Hund!« lallte Hans Blacker. »Ich will hinunter.«

Er wälzte sich stöhnend, während es vernehmlich um ihn forttönte:

»Wieviele Goldstücke waren in dem Beutel?«

»Hundert!« antwortete er, auch im Traumschlafe lügend.

»Es waren fünfhundert, Hans Blacker. Und in dem großen Beutel waren tausend Taler, die du auch gestohlen hast.«

»Nein! Nein!« kreischte er hoch emporfahrend und die Stimme rief:

»Nimm dich in acht! Du trittst ja die tote Frau mit Füßen.«

Da brach er zusammen. Er sank in die Knie und sprach mit bebenden Lippen:

»Ich will alles bekennen.«

Die Männer, die herbeigekommen waren, traten vollends ein. Hans Blacker war halb von Sinnen. Der Bauernvogt hatte ein paar handfeste Burschen bei sich, die während der Nacht das Haus bewachen sollten. Als der Gerichtsdiener frühmorgens erschien, fand er Hans Blacker vom Schlage getroffen.

Ein Jahr war vorübergegangen. Der Bauernvogt hatte seinen Hof an den Sohn abgegeben und dieser wirtschaftete mit seiner jungen Frau so vergnügt, daß alle ihre Lust daran hatten. Broder Jans blieb in seiner Hütte, aber er lebte darin in aller Behaglichkeit. Auch Knudson blieb. Die eigentliche Heimat war ihm entfremdet und er liebte sein Kind über alles. Auf der Westerhöhe erhob sich an der Stelle, wo die Hütte des wüsten Hans Blacker stand, ein schmuckes Häuschen, worin der Kaufherr manchen Tag zubrachte und Zeuge des Glückes ward, das über die Bewohner des Dünendorfes gekommen war, seit er die Fesseln brach, womit sie seit vielen Jahren belastet waren. Frohe Gesichter schauten aus den Fenstern und vor den Türen grünten wieder die Rasenplätze, die der Sommer mit duftenden Blumen schmückte.

Der Kaper.

Zu Pillau geschah es um das Jahr 1656. War dazumal eine regsame Zeit in den preußischen Landen! Hatten sich früher im Oberland, im Sammland und wo sonst der schwarze Adler horstete, vielerlei herausnehmen dürfen. Die Herren von der Ritterschaft und die freien Bürger hörten die Ermahnungen der kurfürstlichen Kammermeister geduldig oder ungeduldig an, je nachdem ihnen der Kopf stand, und hernach taten sie, was ihnen beliebte, wollten keine geworbenen Truppen im Lande haben, sondern die eigenen Bewohner sollten es mit Leib und Leben schützen. Aber wenn der Pole oder sonst ein Feind sich an der Grenze blicken ließ, blieben des Landes Kinder daheim und dachten: »Laßt den gestrengen Herrn in Berlin nur selbst sorgen, das ist ein tapferer Mann.« Kam darauf eine Botschaft von dorther, daß sie den Beutel ziehen sollten, damit die nötigen Kriegskosten zusammenkämen, schlichen sie achselzuckend beiseite und es gab Ausflüchte über Ausflüchte.

Das ward anders, als Herr Georg Wilhelm das Zeitliche segnete und den Kurhut vererbte auf seinen Sohn Friedrich Wilhelm, den bald Freund und Feind den Großen Kurfürsten nannte. Zwar blieben sie noch immer aufsässig genug und hatten das große Wort; doch taten sie meistens des Fürsten Willen und man konnte spüren, daß ein Herr im Lande walte.

Seit mehreren Wochen war es bei allen Bewohnern in Pillau zur Gewißheit geworden, daß es ehestens etwas Absonderliches geben werde. Es klang freilich unglaublich und wollte keinem anfänglich recht einleuchten; aber sie mußten sich endlich fügen. Es hieß, der Kurfürst lasse sich mit der Herrschaft zu Lande nicht mehr begnügen, sondern wolle es auch zur See versuchen, und es denen von Holland, Dänemark und Schweden gleichtun. Hatten erst weidlich darüber gelacht hinter den Bierkrügen und die Weisen hatten mit den Köpfen geschüttelt oder die Hände seufzend über den Bauch gefaltet, je nachdem, was sie aber bei dem Lachen nebenher noch insgeheim dachten, das schluckten sie mit dem Bier wohlweislich hinunter, weil sie es sich nicht zu sagen getrauten.

Bald war es aber mehr als Spaß. Der kurfürstliche Oberst Johann Hille, welcher zugleich ein seebefahrener Mann und ein unerschrockener Soldat war, wurde zum Kommandanten des ersten kurbrandenburgischen Kriegsschiffes ernannt, der »Clevesche Lindenbaum« geheißen, welches sechzehn Stücke führte. Wie vom Himmel gefallen, war dies Schiff plötzlich vor dem Hafen von Pillau erschienen. Kein Mensch wußte, woher es gekommen. Als eines Morgens die Sonne den Hafen beleuchtete, lag es dicht davor mit geöffneten Geschützpforten, eine tüchtige Mannschaft auf dem Decke, mit blendend weißen Segeln an den Rahen und dem kurbrandenburgischen roten Adler an der Gaffel.

Nun gab es ein Flüstern und Zischeln und Köpfezusammenstecken. woher kommt das Schiff? Was will es hier? Wohin wird es gehen? Und was soll es draußen in der See? Müßiges Volk, welches sich in jeder Hafenstadt den geschlagenen Tag am Wasser herumtreibt, suchte sich an die Mannschaft zu drängen, wenn etliche von derselben zu Lande kamen und begehrten gute Kameradschaft zu machen. Aber diese hatten entweder strenge Order oder sie mochten sich nicht mit den Tagedieben abgeben, und antworteten kurz, sie wüßten von nichts. An den Herrn Kommandanten aber, wenn er vom Bord an das Land ging oder zurück, wagten sie sich nicht zu wenden, denn dieser sah zu ernst und strenge darein. Und selbst in der Herrenstube, wo er manchmal einen frischen Trunk begehrte, scheuten sich die angesehenen Bürger, ihn um den eigentlichen Zweck des Orlogschiffes zu befragen, weil es bekannt geworden, wie er einem jungen Königsberger Patrizier, der etwas mit dem Maule vorweg gewesen, zur Antwort gab: Kurfürstliche Durchlaucht habe ihm zu schweigen befohlen und dasselbe empfehle er ihm auch.

Da traf es sich eines Abends, als die Sonne sich stark neigte und einen Scheideblick durch die Fenster warf, der in den blanken Krügen widerspiegelte, daß zwei Männer, die miteinander über die schweren Zeitläufte einen weisen Diskurs geführt hatten, sich bei dem Eintritt eines Dritten unterbrachen, indem der eine sagte:

»Was wissen wir? Aber da kommt der Herr Kammermeister Siegfried, der über diese Dinge genau unterrichtet sein muß, und uns, wenn er sonst will, mit Bestimmtheit sagen kann, was all das Geheimtun in unserm Städtlein zu bedeuten hat.«

Der Kammermeister legte mit aller Gemütsruhe seinen Regenmantel ab, hing Hut und Stock säuberlich an den Nagel und rückte die Perücke zurecht. Dann setzte er sich zu den beiden Herren, mit denen er von lange her befreundet war, an den Tisch und sagte nachdenklich:

»Ihr meint das Schiff mit seinen sechzehn Geschützröhren, das allen guten Pillauern zum Schrecken sich plötzlich in diesen Hafen hinein verirrt hat? Wer nur selbst etwas wüßte. Aber das wird ja alles so kachiert und sekretiert, daß man nicht das geringste erfährt.«

»Gelt, Herr Kammermeister. Ihr wollt nur nicht mit der Sprache heraus, sonst wäre es Euch ein Leichtes. Liegt ja alles offen vor Euch da.«

»Offen ist in dieser Angelegenheit nichts als meine Kassa,« seufzte Herr Siegfried. »Weil jeder so oft und so viel exigieret, daß kaum eine Gelegenheit ist, sie nur unterweilen zu schließen. Dagegen arriviert es ihr nimmer, daß sie auch nur mit einem baren Gulden bereichert wird.«

»Ja, das kennt man bei euch Herrn. Hohe kurfürstliche Kammer hat auf Nachfrage nie einen Groschen. Und doch weiß sie ... Aber da kommt, wenn ich mich nicht irre, einer Eurer Sekretarien. Er hat sich schon dreimal verneigt, ehe er sich über die Schwelle wagte, und macht ein gar pfiffiges Gesicht. Gelt, Gevatter Kammermeister, der bringt uns den gewünschten Aufschluß.«

Der Kammermeister hatte sich umgewendet und sah einen der Kanzlisten, der ihm zunickte, aber den Mund nicht zu öffnen wagte.

»Warum dringt man hier ein? Was will man? Hat es so große Not, daß man mir die nötigste Rekreation mißgönnt?«

»Halten zu Gnaden, Euer Gestrengen,« sagte jener mit den Achseln zuckend und abwehrend. »Würde mich nicht unterstanden haben, hierher zu kommen auf die Herrenstube; allein eine hochwichtige Person verlangen expreß nach dem Herrn Kammermeister.«

»Und wenn es der Derfflinger oder der Sparr in eigener Person wären.«

»Die sind es aber nicht.«

»Oder meinetwegen des Kurfürsten Durchlaucht selbst!« sagte der Kammermeister, sich brüstend.

»Noch minder sind es Seine Hochfürstliche Gnaden, so sich in der Kammermeisterei befinden.«

»Man räsonniere nicht. Wer ist da?«

»Es sind der Herr Oberst Johann Hille, der das große Kanonenschiff befehligt. Er geht in der Kanzlei mit großen Schritten auf und ab und hat begehrt, Euch allsogleich zu sprechen. Allsogleich und in des drei Teufels Namen, befehlen der Herr Oberst, und ich bin gelaufen, was ich konnte, um Euch das anzusagen.«

»Denken solche Herren, daß man nichts anderes zu tun hat, als stets zu ihren Diensten zu sein?« sagte der Kammermeister, blutrot vor Zorn, und warf die Nase hoch, als schere er sich nicht so viel um den Obersten, stülpte aber doch den Hut auf den Kopf, vergaß in aller Hast den Regenmantel und rannte mit einem mürrischen guten Abend davon.

»Das bedeutet etwas!« sagte einer der zurückgebliebenen Bürger und sein Nachbar winkte den Kanzlisten zu sich.

»Sagt uns doch unbeschwert, Herr Kanzellar.« – Es war warm draußen und ein kühler Trunk nicht zu verachten. – »Darf ich Euch meinen Krug anbieten?«

»Der Herr ist gar zu gütig!« entgegnete jener und langte zu mit linkischer Hast.

»Erlaubt eine Frage,« sagte der Bürger. »Des Herrn Obersten Gnaden ist also auf der Kammermeisterei? Habt Ihr nicht gehört, Herr ... Hansel! Noch einen Krug für den Herrn Kanzellar ... Woher weht eigentlich der Wind?«

»Gerade Nord-Nord-West, Herr!«

»Ihr Spaßvogel. Das meine ich nicht. Da ist ein frischer Krug. Wohl bekomm er Euch. Nun, was meint Ihr dazu? Ein feiner Trunk. Der arme Kammermeister muß das jetzt entbehren. Was kann der Oberst zu so später Abendzeit noch wollen? Was soll es geben?«

Der Kanzlist machte ein gar wichtiges Gesicht, trank sein Bier mit aller Gemütlichkeit bis auf den letzten Tropfen, sah sich darauf nach allen Seiten um, ob auch ein dritter da sei, der ihn verraten könne, beugte sich zu dem horchenden Bürger herab, flüsterte diesem zu: »Kaperbriefe!« und eilte spornstreichs hinter seinem Herrn drein.

Kaperbriefe!

Das Wort war wie ein Donner auf das Haupt des friedlichen Bürgers herabgefahren. Er hatte auch ein Galiot draußen mit allerlei guten Dingen, als indischen Gewürzen und feinen Stoffen beladen, von denen er einen erklecklichen Gewinn hoffte. Und nun Kaperbriefe.

»Dieser Kurfürst ist zum Ruin des Landes auf die Welt gekommen!« brummte er ingrimmig vor sich hin und sprang auf, denn das Bier war ihm versalzen. Er ging in großer Aufregung nach Hause, die sich noch beträchtlich erhöhte, weil seine erhitzte Phantasie die bedrohlichen Kaperschiffe, die der Feind zur Revanche ausrüsten könne, nach allen Richtungen hin auf dem Straßenpflaster vor sich hertanzen sah.

In der Kajüte des »Cleveschen Lindenbaums« saß an der inmitten derselben am Boden festgesurrten Tafel der Artillerieoberst und erste kurbrandenburgische Kapitän zur See Johann Hille. Die vor ihm liegenden Karten schob er beiseite, sah hinauf zu dem Kompaß, der zu seinem Haupte hing und trommelte ungeduldig gegen die Lehne des Stuhls. Der Schreiber, der an dem Ende der Tafel seinen Platz hatte und wohl wußte, daß diese schlimmen Zeichen ihm galten, tunkte die Feder statt in die Tinte in den Streusand und machte ein großes P für ein kleines, was man sich damals überhaupt nicht übel nahm und sprang dann auf, einen vollgeschriebenen Bogen vor dem Kapitän niederlegend. Zu derselben Zeit trat der erste Offizier des Schiffes ein.

Der Kapitän-Oberst sah die Schrift an und rief dem Schreiber zu:

»Kein Wort kommt von dem allen über Eure Lippen, sonst ...«

Der Schreiber legte die Hand auf das Herz, verbeugte sich tief und verschwand.

Der erste Offizier sah dem Tintenkleckser mit einem Blicke unaussprechlicher Verachtung nach, schenkte seinem Obersten dafür, daß er sich mit solchem Volke abgeben müsse, einen Blick des Mitleids und harrte geduldig, was jener sagen würde.

»Leutnant Lamm,« sprach Herr Johann Hille – nach einer Pause. »Hier ist Arbeit vollauf. Es ist Seiner Kurfürstlichen Durchlaucht strikter Befehl, daß die Flagge mit dem roten Adler sich jetzt vor aller Welt als Kriegsflagge in offener See zeigen soll.«

»Endlich!« rief der Leutnant. »Haltet es mir zugute, Kapitän, daß ich von hier nicht hergehörenden Dingen schwatze, aber mir schlägt ordentlich das Herz, daß es endlich losgehen soll.«

»Verschießt Euer Pulver nicht zur unrechten Zeit, alter Maat. Ist nichts Halbes und nichts Ganzes. Ja, wenn die Sache so, wie Seine Kurfürstliche Durchlaucht sie begonnen haben, auch zu Ende geführt würde, dann möchte es hingehen. Aber, da reden die Berliner Geheimräte, die von dem Salzwasser nichts wissen, als daß der Dorsch darin umherschwimmt, schon jetzt darein. Sie meinen dies und das, bis der Herr verdrießlich wird und den haltlos gewordenen Plunder beiseite wirft.«

»Wie lautet denn, mit Verlaub, eigentlich die Order?« fragte Leutnant Lamm mit offenem Munde.

»Da liegt das kurfürstliche Edikt. Sollen, Wind und Wetter dienend, sogleich den Anker lichten und den Kurs auf Kolberg segeln, um unsere Ladung dort abzusetzen. Diese Ladung, wißt Ihr, ist ein purer Vorwand, um dort hinkommen zu können und einzuladen, was hier an Waffen und Munition für den kurfürstlichen Dienst nottut. Wer weiß, wieviel davon tauglich ist für 'nen ordentlichen Krieg, da die Berliner Perücken das Aussuchen gehabt haben. Aber das geht uns nichts an. Nun heißt es weiter: Wenn wir draußen fremdherrlichen Schiffen begegnen, zum Beispiel die von dem Orlog der Herrn Generalstaaten, dann sollen wir Miene machen, als wollten wir den Flaggensalut zuerst geben; eigentlich aber sollen wir abwarten, ob sie uns mit ihrem Gruße nicht zuvorkommen und dann wieder salutieren. Rühren sie aber die Flaggenleine nicht an, dann sollen wir es auch nur bleiben lassen.«

»Bleiben lassen!« brummte der Leutnant, in Gedanken seinem Kapitän folgend, vor sich in den Bart.

»Wozu nutzt dieser Schein?« fuhr jener fort. »Können wir nicht gleich grob genug sein und sagen: Wenn ihr uns nicht zuerst grüßen wollt, wir wollen es gewiß nicht, und somit hole euch der Teufel. Sind Brandenburg und Preußen nicht ebensoviel wert, als so ein paar zusammengebackene Generalstaaten? Der Kurfürst, denke ich, kann mit seinen Generalen mehr Staat machen als diese Holländer, die sonst ganz tüchtige Seeleute sind, mit den ihrigen.«

»Werde mich während meiner Wache strikte an die kurfürstliche Order halten,« sagte der Leutnant, die Hand an die Mütze legend.

»Das ist auch Eure Schuldigkeit!« fuhr der Kapitän auf und sagte dann gelassener: »Bleibt Euch übrigens unbenommen, Euch zu ärgern, daß wir uns drehen und wenden und jedenfalls zuerst salutieren sollen, wenn uns Dänen und Schweden, Engländer und Franzosen und andere königliche Kriegsfahrzeuge begegnen. Wozu das? Der rote Adler kann so gut eine Krone auf dem Kopfe tragen als der dänische Löwe, und brandenburgische Kurfürsten sind ganz aus dem markigen Holze ... Aber es soll einmal sein, und ich schärfe es Euch ein, Leutnant Lamm, daß Ihr buchstäblich nach der erhaltenen Order verfahrt.«

»Mit allem schuldigen Respekt!« sagte der Leutnant und legte abermals die Hand an die Mütze.

»Nun kommt noch ein Einfall, der nur unter einer bocksteifen Perücke ausgebrütet ward, aber zur See den Teufel nichts wert ist. Wenn die fremden Orlogschiffe den ›Cleveschen Lindenbaum‹ nicht als Kriegsfahrzeug anerkennen wollen, sagt das Papier, sollen wir ihnen auf jede Weise, wie das zur See angänglich, zu verstehen geben, daß dies ein Schiff seiner Kurfürstlichen Durchlaucht zu Brandenburg ist, dessen Kriegsflagge sich zum ersten Male in der Ostsee zeigt.«

»Donnerwetter!« brach der Leutnant los, legte aber gleich darauf die Hand wieder an die Mütze und sagte: »Nichts für ungut, Kapitän.«

»Legt Euch keinen Zwang an, Leutnant. Wollen sie nicht auf der See den roten Adler respektieren, vor dessen Klauen sie doch auf dem Lande zittern und beben? Wüßte schon ein Mittel, ihnen den Respekt dafür unfehlbar beizubringen. Käme so ein englischer oder französischer Windbeutel daher und wollte nicht zu gleicher Zeit mit uns den Salut wechseln, ließ ich die Bramsegel streichen, damit der Topp klar würde, dann, die Flagge dicht unter dem Knopf, scharf auf seine Breitseite losgesteuert und ...«

»Feuer am Backbord und am Steuerbord!« fiel Leutnant Lamm ein, der mit beiden Armen jede Bewegung des Kapitäns nachgeahmt hatte.

»Nein, Leutnant, das geht nicht. Aber ich würde dicht an seinem Luf (Windseite) hinstreichen und wenn er dann zuerst anfinge – ohne daß man ihm eine Veranlassung gibt und ganz aus freien Stücken – dann sollten sie sehen, daß der rote Adler nicht bloß Flügel, sondern auch Krallen und einen scharfen Schnabel hat. Bei alledem, Leutnant Lamm, ist es nicht gut, wenn Offiziere über kurfürstliche Befehle ein loses Maul haben. Geschieht das auf dem Halbdeck, was soll erst vor dem Fockmaste geschehen? Also behaltet Eure Weisheit für Euch, und sagt mir, ob Ihr Euch in der Stadt nach einigen tüchtigen Kerlen umgesehen habt?«

»Habe, Kapitän. Und einen der besten habe ich gleich mit zur Stelle gebracht. Lehnt am Treppengeländer auf dem Kajütsgange, wißt Ihr. Soll es jetzt losgehen?«

»Freilich soll es. Aber nicht offen, sondern auf Berlinische Weise und mit vielen Zeremonien. Da möchte man ...«

Der Leutnant sah den Kapitän erwartungsvoll an und streckte schon wieder die Arme aus. Aber der Kapitän zog die seinigen zurück und sagte:

»Wie der Kurs angegeben wird, soll man steuern, keinen Viertelstrich zu Luf oder Lee, und ginge es dem Teufel geradesweges in den Rachen. Laßt den Mann kommen.«

»Zu Befehl, Kapitän!« sagte der Leutnant und ging hinaus.

Gleich darauf trat ein Mann in die Kajüte. Es war eine jener Gestalten, wie sie an den Küsten einer unserer beiden deutschen Meere oft gesehen werden, mittelgroß, kräftig und mit blitzenden Augen. Unbeholfen an der fasten Wall, flink wie ein Eichhörnchen in die Wanten (Masttaue) hinauf. In einer Minute vom Deck bis zum Brammast; Kerle mit einem wettergebräunten Gesicht von Furchen durchzogen, mit einigem Anfluge von Kupfer auf den Backen und einigen Silberfäden im buschigen Bart.

»Behaltene Reise, Kapitän, und eine schmucke Kühlte (Wind) allezeit, was soll es geben?«

»Das muß ich von Euch hören, Mann. Was habt Ihr zu geben?«

»Ein Schiff mit starken Rippen und sechs Geschützen. Tüchtiges Volk mit markigen Knochen am Bord, voll Lust zum neuen Gewerbe. Zuletzt mich selbst, was zwar nicht viel ist, aber für den kurfürstlichen Kaperdienst gerade ausreicht.«

»Wer hat Euch denn gesagt, daß hier von Kaperei die Rede ist?«

»Nicht?« entgegnete jener und wandte sich der Tür zu. »Dann wünsche ich Euch eine gute Rüst.«

»Wartet doch!« rief der Kapitän. »Seid Ihr so kurz angebunden?«

»Kurz wie ein Tauend. Also gebt ein Ende nach und sagt, daß gekapert werden soll.«

»Gut denn. Ihr könnt einen Kaperbrief haben. Aber nur auf Danziger Gut.«

»Das ist mir gerade recht. Ich liebe dies Danzig.«

»Was Ihr kapert, davon geht der zehnte Teil in die Kasse des Kurfürsten.«

»Wie es Kapergebrauch ist.«

»Das andere bleibt Euch und Euren Leuten. Ihr lebt auf Eure Kosten und ranzioniert Euch selbst. Wenn Ihr klug seid, bleibt Ihr unverletzt; laßt Ihr Euch fangen, werdet Ihr aufgeknüpft.«

»Alles nach Seerecht!« antwortete der Mann gleichgültig.

»Wann könnt Ihr in See gehen?«

»Alllstunds, wenn es sein muß. Sonst in zwei Etmal (Zeit von Mittag zu Mittag) aufs höchste.«

»Je eher, je besser. Laßt mich Eure Bürgschaft sehen.«

Der fremde Seemann legte einige Papiere auf die Tafel und blieb dann unbeweglich stehen.

»Das genügt,« sagte der Kapitän nach einer Pause. »Diese Papiere bleiben natürlich in meinem Gewahrsam. Dafür stelle ich Euch den verlangten Kaperbrief aus. Welchen Namen soll ich hineinschreiben?«

»Danziger Totenkopf!« sagte der Seemann und seine Augen leuchteten.

»Schiffsname vermutlich?«

»Das Schiff und sein Führer sind eins. Sie heißen mitsammen der ›Danziger Totenkopf‹. Schreibt es nur hin, wenn es gefällig. Wann ist es Euch genehm, bei mir an Bord zu kommen und nachzusehen, daß alles nach Kapergebrauch vorhanden ist?«

»Morgen früh um neun Uhr.«

»Will zur Minute parat sein, Euch abzuholen.«

»Habt Ihr mir sonst noch etwas wegen Lebens und Sterbens zu vertrauen?«

»Wüßte nicht. Mein Volk ist los und ledig und kümmert sich wenig um die faste Wall. Wenn der ›Danziger Totenkopf‹ draufgeht ... Er ist bezahlt, Herr, und es hat niemand eines Pfennigs Wert daran zu fordern. Ehe er aber draufgeht, wird er sich wehren, so gut er kann. Also, morgen früh um neun. Gute Rüst.«

Der Kaper ging.

Das war ein Flüstern und Winken, ein Kommen und Gehen, ein Fragen und Antworten am Strande, als nun plötzlich statt des einen bewaffneten Fahrzeuges deren zwei vor Pillau ankerten. Die Bürger wollten jetzt erst recht viel wissen, der Kammermeister wußte noch weniger zu sagen und der Kanzlist hatte nichts mehr zu verraten. Von dem zuletzt angelangten Schiffe, dessen Rumpf ganz schwarz gestrichen und das ohne jedes Abzeichen war, stieß ein Boot ab, das zum »Cleveschen Lindenbaum« hinüberruderte. Der Kapitän-Oberst fuhr in seiner Staatsschaluppe nach dem fremden Fahrzeuge, welches nach dem vornehmen Besuche sogleich die Anker lichtete und in See ging. Ein Etmal später setzte der »Clevesche Lindenbaum« seinen Kurs nach Colberg.

Es ist auf hoher See. Ringsumher die weite, grüne Fläche, die ruhelose, ewig schwankende, in deren tiefem Schoße alles ruht. Hügel und Täler rauschen und brausen aneinander vorüber, steigend und sinkend, in stetem Wechsel bald so, bald anders, und doch in diesem endlosen Wechsel immer dasselbe.

Ein breitgebauchtes dreimastiges Galiotschiff taucht aus den Wellen auf. Seine Toppsegel stehen stramm bei dem Winde. Eine Flagge ist nicht aufgehißt, weder am großen Topp, noch an der Gaffel. In dem fußlangen Wimpel ist das Danziger Stadtwappen gewirkt, aber so klein, daß es niemand von unten her zu erkennen vermag.

Drei Männer stehen bei der Kajütstreppe zusammen. Es sind die beiden Schiffsoffiziere und der Eigentümer der Ladung. Johannes Hansen heißt der letztere. Zu Dänemark geboren, in frühester Jugend nach Danzig verschlagen, hat er sich dort festgesetzt. Das Glück brachte ihn empor. Er gehörte zu den reichsten Handelsherren der Stadt. Die stolzen Patrizier betrachteten den Emporkömmling mit vornehmem Achselzucken. Ihn kümmerte es nicht, sondern er suchte eifrig sein Gut zu mehren. Endlich schloß er sich an einen älteren Mann von gleicher Gesinnung und heiratete dessen einzige Tochter. Es war eben ein Geschäft, das zwischen den beiden Männern abgeschlossen wurde. Die junge Frau lebte ein freudenloses Jahr an der Seite des aufgezwungenen Gatten, dann gebar sie ihm eine Tochter und starb. Ihr Tod kümmerte den herzlosen Mann wenig. Unzufriedenen Blickes sah er auf die Tochter. Ein Sohn hätte sein Gut nicht bloß erben, er hätte es auch mehren und den Namen Johannes Hansen zum ersten in Danzig machen können. Durch die Tochter konnte er höchstens mit einem vornehmen Patrizierhause verwandt werden. Da er auf nichts weiteres rechnen durfte, ging all sein Trachten dahin. Margarete vermißte die rosige Heimat eines glücklichen Kindes, aber sie erhielt dafür eine glänzende Erziehung. Alle jungen Männer sagten, sie sei das schönste Mädchen der Stadt. Die Armen und Kranken schwuren auf das Evangelium, Jungfrau Margarete sei ein Engel in Menschengestalt. Ohne daß sie es wußte, hatte sie einen Schwarm von Anbetern jedes Alters und jeden Standes um sich versammelt. Bei vielen half der Reichtum des Vaters die Reize der Tochter um das Doppelte erhöhen. Herr Johannes Hansen schaute finster drein. Es schmeichelte wohl seinem Stolze, aber von all den Leuten, die nach der Hand seines Kindes strebten, war ihm keiner recht und er wies sie mit schneidender Kälte zurück. Es mußte besser kommen.

Da fand sich ein Landsmann ein. Ein Däne von den Inseln, aber kein Kopenhagener Kind. Gesund an Leib und Seele, markig und stark, wie der Grund seines Eilandes, und doch freundlich wie die grünen Buchen, die sich darüber wölben. Er hieß Haraldsen und war Seemann im königlichen Orlog. Da die Flotte gute Tage hatte, machte er es wie viele und übernahm die Führung eines Kauffahrers. So kam er nach Danzig und in das Haus des reichen Handelsherrn, und dieser gestattete, um der Landsmannschaft willen, was er wenigen erlaubte. Der junge Schiffer durfte bei ihm verkehren nach Herzenslust. Sonst gab er gar nicht acht auf ihn.

Desto mehr tat es Margarete. Sie fand Gefallen an dem jungen, kecken Seemann, der vor Übermut sprudelte und doch so schön Maß zu halten wußte, wenn sie das bittende Auge auf ihn richtete. Es dauerte nicht lange, da wußte die ganze Danziger Jugend schon, was die beiden eigentlich selbst nicht wußten: daß sie sich liebten. Alle Patriziersöhne kreuzten und segneten sich und machten ihre Glossen. Sie wetteten schon miteinander, was Johannes Hansen zu dem allen sagen werde, bevor Haraldsen und Margarete nur daran dachten, daß sie selbst dem Vater etwas zu sagen hätten. Unterdessen schlugen die Flammen immer höher und die Massen kamen in Fluß. Verschrobene alte Jungfern und zurückgesetzte alte Basen, die gewöhnlich das Geschäft übernehmen, jedes junge Liebesglück zu stören, fanden sich auch hier mit dem Scheine des Mitleids ein. Sie beklagten, wenn sie mit Margareten allein waren, daß der hartherzige, geldstolze Vater sich ihrer Herzensneigung, die doch so lieb und schuldlos sei, widersetzen werde; wieder unter vier Augen mit Johannes Hansen, bedauerten sie diesen, daß seine Tochter so wenig Stolz besitze, daß sie sich an einen hergelaufenen Matrosenkerl wegwerfe. Gleich darauf stand alles in lichten Flammen, Haraldsen ward mit harten Worten verabschiedet. Margarete erhielt den Befehl, bei Strafe des Fluches nicht weiter an ihn zu denken und sich gefaßt zu machen, mit nächstem einen Mann zu heiraten, für den der Vater sie bestimmen werde. Dieser Machtspruch rollte wie ein dumpfer Donner durch das Haus. Die alten Hexen flogen erschreckt, aber dennoch innerlich zufrieden, auseinander und bald ward kein Vespersüppchen in Danzig gegessen, bei welcher diese Geschichte nicht als angenehmes Zubrot verspeist wurde.

Haraldsen blieb gelassen. Es war ihm gelungen, die Geliebte noch einmal zu sprechen und beide schieden erleichterten Herzens, fest entschlossen, ihr Gelübde unverbrüchlich zu halten. Johannes Hansen grollte mit dem Seemann, der seine feingesponnenen Pläne kreuzte, und suchte ihm zu schaden, wie er konnte. Haraldsen fühlte den Alp, der immer schwerer auf ihm lastete und dessen er sich nicht erwehren konnte. Er suchte für sein Schiff eine Ladung und vermochte keine zu finden. Über die von ihm an die Stadt gebrachten Güter erhoben sich seltsame Gerüchte. Der eine wollte an Maß und Gewicht gekürzt sein, während ein anderer das Erhandelte weit unter dem gezahlten Preise fand. Wenig von dem, was man angeblich auf Treue und Glauben erstanden, kam unbemäkelt davon. Der ganze Artushof war davon erfüllt, und man wurde einig mit sich, daß es am besten sei, jede weitere Verbindung mit einem Manne abzubrechen, von dem selbst sein Landsmann, der ehrenwerte Johannes Hansen mit Achselzucken spreche. Seit jenem Tage blieb Haraldsen auf seinem Platze im Artushofe allein und wie stark auch manchmal das Gedränge war, er wurde nicht dadurch belästigt. Er rieb sich den Kopf und konnte es nicht begreifen. Er stampfte unwillig mit dem Fuße und die Vorübergehenden sahen ihn kopfschüttelnd oder achselzuckend an. Er trat den Leuten, mit denen er sonst harmlos verkehrte, in den Weg, aber sie wichen seinen Fragen mit einer verlegenen Entschuldigung aus. Endlich sagte einer: »Wenn ich an Eurer Stelle wäre, segelte ich heim und ginge anderswo, als bei Patriziertöchtern auf die Freite.« Da schoß es blendend vor ihm nieder. Er brach in ein gellendes Gelächter aus und schlug sich mit der geballten Faust vor die Stirn; dann aber sammelte er seine Gedanken und ging allen Ernstes mit sich zu Rate.

Johannes Hansen war draußen auf seinem Landsitze. Inmitten der bewaldeten Hügel, die sich scharfkantig in die See hinausschieben, lag das freundlich eingerichtete Haus, wo er seinen Reichtum in aller Behaglichkeit genoß. Die Gesellschaft hatte lange getafelt und erging sich zur Erholung in den schattigen Gängen des nahen Wäldchens. Da trat plötzlich unter einer dichten Baumgruppe Haraldsen vor den Vater hin, der vor dem unerwartet Erscheinenden zurückfuhr.

Das Zusammentreffen war heiß. Johannes Hansen stolz und hochfahrend, behandelte den Seemann mit der ausgezeichnetsten Verachtung und schalt ihn einen Zudringlichen, der sich wiederholt eindränge, obgleich man ihm mehrfach die Tür gewiesen. Haraldsen blieb treu dem sich gegebenen Worte, kalt und ruhig. Er sagte dem Alten ins Gesicht, daß er seinen Ruf untergraben, und verlangte von ihm die Wiederherstellung seiner Ehre. Jener lachte ihm höhnend in das Gesicht, ein Wort jagte das andere und Haraldsen war nahe daran, seine Fassung zu verlieren, als Johannes Hansen einige seiner Gäste herbeirief, welche von dem lauten Wortwechsel angezogen, sich neugierig näherten.

»Habe seither nicht glauben wollen,« rief er den Kommenden entgegen, »was man mir von diesem Herren Nachteiliges gesagt hat. Nun aber habe ich den vollgültigen Beweis dafür in Händen. Drängt sich in mein Eigentum, das ihm verboten ist, und droht mit Brand und Mord, wenn ich ihm nicht seine verlorene Ehre herstelle. Bitte Euch, werte Herren! Kann ich seine Ehre herstellen, die er selbst leichtsinnig preisgegeben hat?«

»Lächerlich! Höchst lächerlich!« riefen die Herren dazwischen.

»Und das sage ich Euch, guter Freund!« eiferte Johannes Hansen. »Versucht es nicht wieder, mir in den Weg zu treten, oder es nimmt kein gutes Ende. Rate Euch vielmehr, daß Ihr Danzig versegelt, sobald Ihr könnt, sonst ladet Ihr Euch noch eine Untersuchung auf den Hals und es müßte mit dem Teufel zugehen, wenn wir Euch nicht so fest machten, daß Ihr den Kopf nie wieder aus der schlinge zieht.«

»Ihr seid ein armseliger Mensch, Johannes Hansen,« entgegnete Haraldsen in großer Erregung. »Gott und ich wissen, daß Ihr wenig Ursache habt, Euch zu überheben. Auf Laland und Falster erzählen sich jung und alt, wie Ihr Eure Laufbahn damit begonnen habt, mit Schmugglern und Strandläufern gemeinschaftliche Sache zu machen.«

»Er lügt! Er lügt!« rief Johannes Hansen, vor Angst und Zorn an allen Gliedern zitternd, und einer der anwesenden Gäste sagte:

»Laßt Euch das nicht kümmern, edler Herr. Es ist nur natürlich, daß ein Mann, der solcher Dinge fähig ist, wie man Herrn Haraldsen Schuld gibt, auch das Gewerbe eines Lügners treibt. Sich zum Schaden, versteht sich, denn hätte er bis heute noch einen Schein des Rechtes für sich gehabt, in diesem Augenblicke wäre derselbe unwiederbringlich erloschen.«

»Es ist gut,« sagte Haraldsen mit einem Male ganz kalt. »Ich habe ertragen, was menschenmöglich ist. Fordert Ihr mich obenein heraus? Ich nehme den Kampf an. Wehren will ich mich, so gut ich kann, und lasse nicht eher ab, bis einer von uns am Boden liegt.«

Er war fort, rasch, wie er gekommen. Keiner sah ihn in Danzig wieder. Anfangs gedachte noch jemand seiner, bald achselzuckend, bald bedauernd. Aber bald darauf verdrängte ein neues Ereignis die letzte Erinnerung an den dänischen Schiffer. Johannes Hansen hatte Unglück zur See. Wie ein Sturmwind flog die Kunde davon durch die Stadt. Das Bedauern war allgemein. Viele kamen und boten, um sich dem großen Handelsherrn angenehm zu beweisen, Hilfe an, von der sie wußten, daß sie doch zurückgewiesen würde. Johannes Hansen widerstand diesem ersten Schlage mit kalter Gelassenheit.

Aber die bösen Gerüchte wiederholten sich. Ein holländisches Schiff war mit einer wertvollen Ladung gescheitert am Skager Rack. Ein Fluitschiff sank mit Mann und Maus im Norden von England. Mit der Rache hatte sich das Unglück verbündet, den bisherigen Liebling des Glückes von seiner Höhe herabzustoßen. Schon fing man an, hier und dort, wo sich die Kaufmannschaft zusammenfand, den Namen Johannes Hansen mit ängstlicher Vorsicht zu erwähnen, oder ihn ganz zu vermeiden. Der Ton stimmte sich seltsam herab, wenn er unerwartet an eine Gruppe herantrat. Seine Hilfe bot keiner mehr an, denn jetzt konnte sie angenommen werden. Die Vorsichtigeren fingen sogar an, die an sie ergangenen Einladungen des Kaufmanns außer acht zu lassen. Da tauchte ein neues Gerücht auf, weit schrecklicher als die ersten. Eines Tages fand man an der Haustür des Johannes Hansen einen gemalten Totenkopf. Einer der Markthelfer, der ihn zuerst erblickte, wäre schier vor Schrecken eine Leiche geworden. Drei Tage darauf lief die Nachricht ein, daß ein Barkschiff des Herrn Johannes Hansen auf offener See von einem

Kaper aufgebracht worden und daß dieser eine schwarze Flagge mit einem weißen Totenkopf geführt habe.

Ein Kaper auf der See. Ganz Danzig geriet in Aufruhr. Man wollte Himmel und Erde in Bewegung setzen, um diesen Frevel zu rächen. Man wollte, daß Kaiser und Reich zu den Waffen griffen, um einen Kreuzzug, wie einst gegen den Erbfeind der Christenheit, gegen diesen Kaper zu unternehmen. Aber die Kriegsfurie durchbrauste das Vaterland und kümmerte sich blutwenig um den Pfeffersack der Danziger Krämerschaft. Da fand sich eines Morgens auf offenem Markt ein Anschlag des Inhalts:

»Der Totenkopf auf See hat es auf die Danziger abgesehen, aber vorzugsweise auf einen. Je mehr die andern sich von ihm fernhalten, je weniger haben sie zu fürchten.«

Neuer Schrecken, aber auch neuer Zorn. Um so ungestümer, je machtloser er war. Johannes Hansen verzweifelte. Er hatte seine letzten Kräfte daran gesetzt, um dem ihm drohenden Verhängnisse zu entgehen. Margarete war einem alten steinreichen Manne, der sich in ihre Schönheit vergaffte, zur Beute geworden. Keine Bitten, keine Tränen halfen. Sie wurde mit dem Verhaßten vermählt. Seit jenem Tage siechte sie hin. Sein Kind hatte Johannes Hansen verloren; einen Bundesgenossen hatte er gewonnen. Getragen von der Geldmasse des Schwiegersohnes betrat er den alten Weg mit dem alten Vertrauen. Vergebens. Der Totenkopf hielt gute Wacht. Was jener mit neuem Mute geschaffen, fiel ihm auf offener See als Beute zu.

Scheu gemacht durch diesen ersten Versuch, wollte der Gatte Margaretens von keinem zweiten wissen. Er zog sich trotz Bitten, Beteuerungen und Drohungen zurück. Die Härte, womit der Vater das Herz seines Kindes brach, rächte sich. Margarete war gleichgültig für alles und merkte es kaum, wie ihr Eheherr täglich mürrischer ward und etwas von einer Bettlerdirne zwischen den Zähnen murmelte, mit der er getraut sei und die auch ihn bald an den Bettelstab bringen werde, wenn er nicht ein Einsehen habe.

Und dahin hätte es kommen können, wenn er dem Drängen des sonst so stolzen Johannes Hansen nachgegeben hätte. Einmal vom Unglück mit starker Hand aus der rechten Bahn geschleudert, konnte dieser den früheren Halt nicht wiederfinden. Er schwankte unaufhaltsam weiter und verwickelte sich in abenteuerliche Unternehmungen.

Jetzt hatte er das letzte zusammengerafft. Er fand einen Schiffer, der sein Gut an Bord nahm, um mit ihm, nach damaligem Handelsgebrauch, von Hafen zu Hafen zu steuern, bis sich ihm ein vorteilhafter Markt darbot. Das ist das dreimastige Galiotschiff auf hoher See, mit dem Danziger Stadtwappen in dem Wimpel am großen Topp.

Die drei Männer stehen noch zusammen unfern der Kajütskappe auf dem Halbdeck. Aber sie sprechen nicht miteinander. Einer von ihnen ist der Kapitän. Er gibt seinem Offizier einige Befehle für den Dienst und setzt dann den gewohnten Gang auf der Steuerbordsseite des Halbdecks fort. Der Offizier kehrt zu seinem Besteck zurück und der Kaufmann bleibt allein; allein mit den qualvollen Erinnerungen an seine gefallene Größe, seiner geschwundenen Herrlichkeit und den trügerischen Träumen von der Wiederkehr des Verlorenen. Dazwischen erscheint ihm die bleiche abgehärmte Gestalt Margaretens. Ihr verlöschendes Auge bohrt sich tief in seine Brust.

Da tauchte ein Segel am Horizont auf. Kaum hatte es der Kaufherr gesehen, als sein Herz hörbar klopfte. In jenen Tagen war es schlimm haußen auf dem blauen Wasser. Die Kaper fingen bereits an, in größerer Anzahl zu schwärmen, sah man eine Mastenspitze im Luf (Windseite), vor dem Buge (vordere Rundung des Schiffskörpers) oder hinter dem Spiegel (Hinterseite des Schiffes), wußte keiner, ob sich ein Freund nahe oder ein Feind. Der kleinste Kauffahrer hatte seine Waffen, um sein Vermögen und sein Leben gegen den Angreifer zu verteidigen, solange es gehen wollte.

»Klar an die Geschütze!« rief der Kapitän, als er den Segler vor sich gewahrte. »Haltet alles zum Gefecht bereit.«

Der Kaufmann hörte es und stürzte erbleichend zu dem Kapitän:

»Ist es ein Kaper?«

»Weiß nicht. Ich tue eben meine Schuldigkeit.«

Eine Stunde verging. Die Schiffe kamen sich näher. Das Galiotschiff mußte aushalten, wollte es seinen rechten Kurs nicht ganz und gar drangeben. Der Kapitän beobachtete den rasch Heransegelnden mit großer Aufmerksamkeit:

»Ein tüchtiger Segler. Allzuscharf und vierkant im Takelwerk, um für den Frachtdienst zu taugen. Sollte meinen, es ist ein Orlogsmann (Kriegsschiff).«

Er setzte sein Sehrohr ab und wartete einen Augenblick, dem drängenden Kaufmann kurzweg zurufend:

»Zum Teufel, macht es wie ich und wartet es ab!«

Der Offizier des Schiffs, welcher mit besonders guten Augen gesegnet war, hatte im Vormars den neuen Ankömmling scharf geprüft. Jetzt rief er zu Deck:

»Orlogsmann voraus!«

»Welche Flagge?«

»Kurbrandenburg!«

»Seid Ihr toll? Welche Flagge, sagt Ihr?«

»Kurbrandenburg. Ein roter Adler im weißen Felde.«

»Wer hörte jemals, daß der rote Adler von der Gaffel eines Kanonenschiffes abwehte? Wascht Eure Augen mit Salzwasser.«

Der Offizier erwiderte nichts. Er sah noch einmal scharf hin, dann verließ er seinen Platz und begab sich nach dem Halbdeck. Der Kapitän hatte unterdessen sein Rohr wieder ausgelegt und setzte es nach einer Weile ab:

»Kurbrandenburg zur See!« sagte er mit einem tiefen Atemzuge. »Es kommt eine neue Zeit.«

»Ehe wir ausliefen, sagte ich Euch, daß sie im Anzuge sei,« antwortete der Offizier. »Aber ich predigte tauben Ohren. Habe einen Vetter, der auf der Kammermeisterei in Königsberg arbeitet, und für einen Krug Bier so viel durcheinander schwatzt, als das Ohr eines Neugierigen nur immer zu fassen vermag.«

»Kurbrandenburg zur See,« sprach der Kaufmann den Offizieren mechanisch nach. »Der Kurfürst hat einen Zahn auf uns Danziger. Es kann ein schlimmer Besuch werden.«

»Meine nicht, wir führen die dänische Flagge, holla, Bootsmann! Den Wimpel zu Deck und den Danebrog an die Flaggenleine. Habt Ihr kein Umdenken, zum Teufel? Zieht die Kugeln aus den Geschützen und setzt dafür einen doppelten Pfropfen auf, damit es besser knallt, von wegen des Saluts.«

Die Befehle wurden vollzogen. Der Wimpel mit dem verräterischen Wappen schwebte zu Deck und fand seinen Platz in dem verborgensten Winkel der Steuermannskammer. Die dänische Flagge lag, fertig zum hissen, auf der Galerie und die Lunte bei den Geschützen.

Jetzt war das Orlogsschiff nahe genug. Die kurfürstliche Flagge wehte weit aus und ein Schuß forderte den Kauffahrer auf, beizudrehen.

Alsbald flogen die Marssegel back und die Untersegel wurden aufgezogen. Das Schiff trieb über Steuer. Die Flagge stieg bis an die Gaffel. Als der Kauffahrer dem Orlogsmann gegenüberlag, senkte er die Flagge dreimal und gab den Ehrensalut aus seinem Geschütz. Der Kurbrandenburger dankte mit einem Schuß für den erwiesenen Respekt und ein Offizier rief durch ein Sprachrohr herüber:

»Wie heißt das Schiff?«

»Emanuel von Kopenhagen.«

»Woher und wohin?«

»Von Riga nach London.«

»Papiere an Bord bringen.«

Da half kein Singen und kein Beten. Der Orlogsmann auf offener See mit Flagge und Wimpel unterhandelt nicht; er befiehlt. Fluchend ward die Jolle gestrichen und der Kapitän des Danziger Galiots ging mit den dänischen Papieren an Lord des kurbrandenburgischen Kanonenschiffes. Es war der »Clevesche Lindenbaum«, dessen Führer sich früher weidlich geärgert, als er die Order empfing, den fremden Schiffen die Anwesenheit einer brandenburgischen Kriegsflagge zu verkünden. Er hatte sich für dieses Mal seines Amtes wohl entledigt.

Die Untersuchung war genau. Der Kapitän des Orlogs wog jedes Wort. Als er alles vernommen, sagte er zu seinem ersten Offizier:

»Ich traue keinem Papier in solcher Zeit. Fahrt Ihr an Bord und lugt scharf aus. Wenn Ihr das geringste Verdächtige wittert, kümmern wir uns wenig um die neutrale Flagge und bringen ihn auf.«

Das Orlogsboot und die Jolle des Kauffahrers fuhren nach dem letzteren zurück. Alles ward auf das strengste untersucht. Johannes Hansen, mehr tot als lebendig, antwortete auf alle an ihn gerichteten Fragen, und der Offizier sagte:

»Es ist gut. Ihr könnt weiter steuern. Macht nicht ein so ärgerliches Gesicht und dankt Gott, daß Ihr so gnädig davon kommt. Seemolest ist in Tagen wie die jetzigen, an der Zeit.«

Er fuhr ab. Johannes Hansen atmete leicht auf, als er das Orlogsboot hinter dem Spiegel verschwinden sah. Der Offizier stattete dem Kapitän Bericht ab und schloß:

»Nicht das kleinste Tau, woran man sich hätte halten können, schlenkerte in der Luft. Alles glatt und vierkant. Und doch schien hinter den dummen Gesichtern etwas zu stecken, was wie Spitzbüberei aussah. Möchte raten, sich nicht allzuweit aus seinem Kielwasser zu entfernen.«

»Wollen es!« sagte der Kapitän, »laßt die Staatsflagge einziehen und gebt Order am Steuer. Wenn ich einen der hochmütigen Danziger als gute Prise einbringen könnte, ich gebe etwas darum.«

Es war eine seltsame Nacht gewesen am Bord des Danziger Galiot. Die Mannschaft zur Koje ersehnte den Schlaf nach dem mühsamen Tage und die Mannschaft auf Deck verrichtete mechanisch ihr Werk. Aber Johannes Hansen konnte nicht eine Minute auf derselben Stelle ausdauern. Es war, als ob der Orlogsmann alle seine Ruhe mit sich weggenommen hätte. Bald war er oben, bald unten, nach allem verlangend und nichts gebrauchend, jedes beginnend und keines ausrichtend, ein geschäftiger Müßiggänger. Die Matrosen lachten über ihn, und der wachthabende Offizier mahnte ihn mit nicht allzu höflichen Worten, seine Koje zu suchen.

»Wäre mir wie Koje,« brummte der Handelsherr. »Wer schließt die Augen, wenn Kanonenschiffe ihn umschwärmen wie Mücken im Sonnenschein? Seht dorthin! Ist er das nicht wieder?«

»Narrenspossen. Ein schwaches Seeblinken. Und dort und überall. Meint Ihr, daß aus jeder Welle ein Kaper auftaucht?«

»Und es ist doch nicht geheuer!« brummte jener und verschwand in der Kajüte.

Aber nicht auf lange. Kaum dämmerte der erste Strahl im Osten, als er schon wieder zum Vorschein kam. Die See, von einer schwachen Brise leicht gekräuselt, glänzte im rosigen Lichte. Der »Clevesche Lindenbaum«, der mit scharfer Kühlte rasch fortbrauste, war weit vom Kielwasser der Galiot. Reine See überall. Nur das Bugspriet zeigte auf einen schwarzen Punkt voraus, der so unbestimmt war, daß ihn keiner hätte deuten können, wenn man überhaupt darauf geachtet. Johannes Hansen fand ihn endlich auf und wies kopfschüttelnd darauf hin. Der Offizier wandte ihm ärgerlich den Rücken und ging, um nach seinem Besteck zu sehen.

Einige Zeit verstrich. Die Brise frischte auf zum Heil des »Cleveschen Lindenbaums«, der das Kielwasser des Galiots verloren hatte. Die Hähne in den Hühnerhocken fingen laut an zu krähen. Der Schiffshund verließ gähnend seine Matte, die zwischen den Bootsklammern lag und warf einen lüsternen Blick nach der Kambüse, worin das Feuer hell aufleuchtete. Der Bootsmann warf die Logge (Instrument zur Messung der Geschwindigkeit des Schiffs) aus und die Halbmatrosen, die nach dem schadhaften Tauwerk sahen, kehrten von den Toppen zu Deck. Der Koch zog die hölzernen Bänke näher zu den dampfenden Töpfen und sein Maat begann die Schiffsglocke zu läuten, »Schaffen unten und oben!« rief er, als der letzte Ton verhallte und die Mannschaft verschwand unter Deck, mit dem behaglichen Gefühl, den in der frischen Morgenluft geschärften Hunger zu stillen.

Es war ein Stilleben auf See.

Der schwarze Punkt hatte sich indessen vergrößert. Der Segelmacher meinte, er sei anzusehen, wie der Mantel eines Leichenträgers, der sich im Winde aufblähe. Ein lustiger Halbmatrose sagte, wenn es eine Wolke wäre, müßte sie dichter sein, als eine Bergenopzoomer Regenjacke, und er möchte sie sich wohl um die Schultern schlagen. Der Bootsmann, der von einer solchen Verweichlichung nichts wissen wollte, gab ihm einen Schlag auf den Rücken und sagte:

»Jede Wolke bringt ein Donnerwetter mit und das kommt dir selbst über den Hals, du Heide.«

Alles Volk auf der Back schlug ein lautes Gelächter auf. Der Halbmatrose lief voller Ärger und Scham nach dem Mitteldeck, rannte den Kaufmann fast über den Haufen und sagte diesem:

»Die Wolke da vorn kommt zum Platzen und es gibt ein Donnerwetter.«

»Ich habe es wohl gedacht!« antwortete dieser und lief nach dem Halbdeck. Aber der Ernst, der hier unter den Offizieren herrschte, hielt ihn ab, sie mit neuen Befürchtungen zu stören. Der schwarze Punkt vor dem Buge war der Gegenstand ihrer Aufmerksamkeit. Aber es war kein unscheinbarer Punkt mehr, sondern eine dichte Masse, wie der Rumpf eines Schiffes und zwei Masten ragten aus demselben hervor. Ein unbestimmtes Etwas sagte jedem, es sei gut getan, diesem Unbekannten, der jeden Vorteil des Windes für sich hatte, aus dem Kurs zu steuern. Aber alle Versuche scheiterten. Man lugte scharf aus nach dem neuen Segler, der sich mit überraschender Schnelle näherte, und jeder Bewegung, die das schwerfällige Galiot machte, mit unheimlicher Hast folgte.

Johannes Hansen sah vor sich nieder. Er wagte es nicht mehr, den Blick über die Wasserfläche hinschweifen zu lassen, weil das erschreckende Phantom ihm in immer klareren Umrissen entgegentrat. Er saß auf der Bank mit halbgeschlossenen Augen und finstere Bilder jagten vor ihm auf und nieder, als er plötzlich von einem dumpf heranrollenden Donner aus seinem Brüten aufgeschreckt wurde.

»Den Danebrog nach oben!« schallte der Kommandoruf des Kapitäns. »Wen, zum Donner, haben wir hier?«

Es sollte nicht lange zweifelhaft bleiben. Unter der Last aller seiner Linnen schoß das fremde Fahrzeug heran. Die Mannschaft des Galiots schrie laut auf und alle Gesichter erbleichten. Ein scharfer Schuß aus dem vordersten Geschütz forderte zum Beidrehen auf und von der Spitze des feindlichen Mastes wehte eine schwarze Flagge mit dem weißen Totenkopfe.

»Hilf, Herr und Heiland!« schrie der Kaufmann entsetzt und seine Knie brachen zusammen. »Das ist der Totenkopf, den eine verruchte Hand an meine Tür gezeichnet hat.«

»Streicht die Segel!« schallte es von dem Deck des Kapers herüber.

»Zum Teufel mit Eurer unsinnigen Forderung!« flog die Antwort zurück. »Seht Ihr nicht die dänische Flagge an meiner Gaffel? Wie dürft Ihr Euch unterstehen, mich aufzuhalten?«

»Es fährt in so schwerer Zeit viel Gesindel unter neutraler Flagge. Darum streicht die Segel und kommt mit Euern Papieren an Bord oder ich brenne Euch so lange auf den Pelz, bis Eure Breitseiten aussehen wie ein Heringsnetz.«

Der Kauffahrer zögerte und richtete einen fragenden Blick auf seine Offiziere. Ihre wenigen Geschütze geringen Kalibers waren den schweren Stücken des Kapers nicht gewachsen. Johannes Hansen bat und flehte, man möge dem verfluchten Totenkopf aus dem Wege fahren und sich nicht mutwillig in den Rachen des Teufels begeben. Der Kaper, der einige Augenblicke vergeblich auf Antwort gewartet hatte, rief hinüber:

»Antwort oder ich brenne los.«

Es blieb keine Wahl. Der Führer des Galiots winkte und während man die Jolle aussetzte, holte er die Papiere. Einige tüchtige Ruderschläge brachten ihn dem Kaper seitlängs. Der Danziger Totenkopf empfing ihn mit gerunzelter Stirn und nahm die Papiere in Empfang, die er sogleich genau durchsuchte. Als er damit fertig war, schob er sie in seine Tasche und sagte:

»Laßt Euch ein anderes Mal nicht doppelt nötigen, ehe Ihr Euch zu gehorchen bequemt, sonst wird man es Euch eintränken. Eure Papiere sind anscheinend richtig, aber ehe ich sie Euch zurückgeben kann, muß ich mich erst überzeugen, ob sich alles so verhält, als es hier angegeben ist. Bis das geschehen, bleibt Ihr hier.«

Der Galiotmann gewahrte jetzt erst, daß man seine Jollmannschaft hatte zu Deck kommen lassen und diese mit den Kapergasten bemannt hatte. Zu diesen stieg der Totenkopf hinab und fuhr nach dem Galiot hinüber.

Mit klopfendem Herzen sah der Kaufmann die Jolle zurückkommen. Er glaubte, es sei der Kapitän und harrte der Entscheidung. Als er seinen Irrtum gewahrte, wankte er mit zitternden Knien der Kajüte zu. Eine furchtbare Ahnung preßte ihm das Herz zusammen.

Von vier seiner Männer begleitet, die bis an die Zähne bewaffnet waren, stieg der Kaper zu Deck.

»Euer Kapitän ist bei mir wohl behütet, während ich hier nachsehe, ob alles so ist, wie es sein soll!« rief er dem Offizier zu, der ihm am Fallreep entgegentrat. »Denke, Ihr werdet keine Umstände machen, was für mich und Euch am besten ist. Holla, Falkauge! Wo bist du?«

Einer der Kaper, ein flinker Junge mit hellen Augen, trat heran.

»Der Bursche sieht durch ein zölliges Brett, wenn Ihr es auch mit einer doppelten Persenning (geteertes Segeltuch) umwickelt!« sagte der Totenkopf zu dem Offizier. »Frisch, mein Junge, schaue dich um und gib Bescheid.«

Falkauge tauchte in das Zwischendeck hinab. Der Kaperführer selbst begab sich in die Kajüte und befahl dem Offizier, ihm zu folgen. Sein Auge war überall. Er entrollte die Karte und blickte mit großer Aufmerksamkeit in das Schiffsjournal, als Falkauge, die Hände auf dem Rücken, eintrat.

»Hast was gefunden, Junge?«

»Eine lange Kugel.«

»Eine lange Kugel!« lachte der Kaper. »Wie sieht so ein Ding aus?«

»So!« rief Falkauge und hielt die Hand hoch, worin sich ein Knäuel von zusammengerolltem Zeuge befand.

Der Offizier erbleichte. Der Kaper, der es bemerkte, riß das Zeug an sich und der Wimpel mit dem Danziger Stadtwappen rollte auseinander.

Der Kaper schlug ein helles Gelächter auf. Unheimliche Glut blitzte aus seinen Augen.

»Was bedeutet das?« rief er mit donnernder Stimme. »Wo das steckte, liegt mehr. He! Falkauge! Luge schärfer aus.«

Längst war der Junge draußen. Umsonst versuchte es der Kaper, den Offizier zum Reden zu bewegen. »Ich verkehre nicht mit Euresgleichen,« sagte er mit aufgeworfenen Lippen. »Seid Ihr Räuber, handelt als solcher und sucht nicht noch einen Schein des Rechts.«

»Ihr habt wenig Grund, ein so unüberlegtes Wort zu sagen,« antwortete grollend der Kaper. »Ihr von Danzig nicht. Und am wenigsten, wenn der Totenkopf erscheint, um mit Euch abzurechnen.«

Falkauge kam zurück und zog den widerstrebenden Kaufmann hinter sich her:

»Den Wimpel habt Ihr, jetzt bringe ich das Schiff dazu.«

Er stieß den Alten noch ein paar Schritte vorwärts und lief dann zu Deck, als wisse er, daß nun alles gefunden sei. Johannes Hansen wagte es nicht, den Kaper anzusehen und stand, wie am Boden festgewurzelt. Der Kaper sah ihn einen Augenblick prüfend an. Das Blut schoß ihm ins Gesicht und gleich darauf erbleichte er. Erst nach einer Pause sagte er in großer Erregtheit zu dem Offizier:

»Laßt mich mit diesem Manne allein.«

Die beiden standen sich gegenüber. Der Kaper weidete sich eine Minute an der Angst seines Opfers, dann sprach er:

»Johannes Hansen, sieh mich an.«

Der Ton dieser Stimme flog wie ein jäher Stich in das Herz des Kaufmanns. Er wagte es, sein Gesicht vom Boden zu erheben und starrte den Kaper an:

»O Jesus! Haraldsen!«

Er ward ohnmächtig. Der Kaper faßte ihn und warf ihn auf die Kajütsbank. Mühsam erholte sich Johannes Hansen, schrak fieberfröstelnd zusammen und sprach vor sich hin:

»Ich bin ruiniert. Ich bin ein Bettler.«

»Ein Lump bist du!« rief Haraldsen. »Ein Lump, der selbst in dieser Stunde keinen andern Gedanken hat, als sein Geld und Gut. Weißt du, was du mir tatest, und worüber ich mit dir abzurechnen habe? Wir wollen eine scharfe Bilanz ziehen und es soll dir keines Guldens Wert geschenkt werden. Jetzt lasse ich dich allein. Das Leben nimmst du dir nicht. Dazu bist du zu feige. Wenn ich dich erst am Bord meines Totenkopfes habe, finden wir bessere Zeit, um unser letztes Geschäft mitsammen abzutun. Holla! Deck ahoi! Bringt diesen Gesellen zu Boot.«

Er stieg die Kajütstreppe hinauf.

In Danzig war große Aufregung. Die See galt für unsicher überall. Die brandenburgischen Kaper waren der Schrecken der Stadt. Man machte Vorschläge, beriet und beschloß und verwarf das Veschlossene wieder, ohne etwas Besseres zu finden. Alle Lust war verstummt, Zu keiner Festlichkeit versammelten sich mehr frohe Menschen und mancher wälzte sich den größten Teil der Nacht schlaflos auf seinem Lager.

An Margareten ging dies alles spurlos vorüber. Ihr junges Leben war, kaum daß es sich entfaltete, erbarmungslos von dem herben Geschick vernichtet. Dem Geliebten ihrer Wahl entrissen, an einen eigensinnigen alten Mann gekettet, der sie als eine ihm aufgebürdete Last betrachtete, lebte sie in stillster Zurückgezogenheit. Sie ward unempfindlich gegen die Schmähungen, womit ihr Gatte in seinem Unmut ihren abwesenden Vater überhäufte und erwiderte nichts, wenn er sie mit rohen Worten kränkte. Nur einmal, als er ihr mit kaltem Spotte zurief, es sei doch schade, daß sie nicht mit dem großsprecherischen Haraldsen davongelaufen, dann brauchte sie sich jetzt nicht über ihn zu ärgern, flammte es in ihren Augen wie Wetterleuchten und es sah aus, als wollte die langverhaltene Wut sich Bahn brechen. Aber sie bezwang sich und ging schweigend hinaus. Ihr Gatte lachte in seiner rohen Weise hinter ihr her und fuhr einen seiner Kontorleute an, der in die Stube trat. ^

»Wenn es auch nicht genehm ist, kann ich auch wieder gehen,« sagte dieser kurz. »Glaubte Euch einen Dienst zu erweisen, wenn ich Euch meldete, daß sich Euer Schwiegervater heute mittag auf dem Artushofe hat blicken lassen.«

»Was? Der Johannes Hansen? Das bedeutet nichts Gutes. Er bringt Unglück über unsere Stadt.«

»Wohl möglich,« fuhr jener fort. »Es war schon gestern ein Gerücht im Umlauf – Ihr müßt es ja gehört haben – daß das Galiot, womit Euer Schwiegervater von hier versegelte, als gute Prise nach

Pillau aufgebracht ist. Ein kurbrandenburgischer Orlogsmann hat es dort binnen gelotst.«

»Die Pest über Kurbrandenburg! Was gibt es weiter zu melden?«

»Habe es lange gesagt, daß die Kaper uns Danzigern tüchtige Schlappen beibringen werden. Das Ereignis mit Eurem Schwiegervater ist die erste bedeutende, und um sie uns zu melden, kommt er selbst mit schlotternden Knien und eingefallenen Backen. Er sah aus wie ein Bild des Erbarmens und sprach einen nach dem andern an. Allein keiner wollte etwas mit ihm zu schaffen haben und er stand allein mitten in der Menge.«

Es war, wie der Handelsdiener sagte. Jeder hatte Furcht, daß er seinem Kredit schaden könne, wenn er mit einem Menschen bekannt tat, von dem man wußte, daß er nach dem letzten fehlgeschlagenen Unternehmen ein Bettler sei. Eine brennende Träne trat ihm in die Augen und er murmelte vor sich hin:

»So tat ich dem Haraldsen und dies ist seine Abrechnung.«

Die Glocke schlug und die Menschen verliefen sich allmählich. Da trat ein Mann zu dem Verlassenen und sagte:

»Ihr könnt heute hier nichts mehr schaffen. Die Stunde ist vorüber. Wollt Ihr nicht mit mir kommen?«

Johannes Hansen ging gedankenlos mit dem Fremden, der ihm die Hand bot wie ein wohlwollender Freund. Dieser wohnte in einem Seitengäßchen. Als er mit seinem Gaste in die niedrige Stube trat, sagte er:

»Nehmet damit vorlieb. Ich bin Euer ehemaliger Buchhalter Bandler, den Ihr einst im Zorn entließet, weil er für den unglücklichen Haraldsen ein begütigendes Wort sprach. Armer Herr. Euer Eifer machte Euch blind und führte Euch ins Verderben.«

Das war zuviel für den von seiner Höhe herabgestürzten Mann. Die hochmütige Geringschätzung der Gleichgestellten hätte er verschmerzen können; aber daß ein ehemaliger Diener, den er aus seinem Hause gewiesen, ihm zum barmherzigen Samariter wurde, war zu viel. Er bedeckte das Gesicht mit den Händen und weinte bitterlich.

So trieb er es zwei Tage lang. Sein gutmütiger Wirt trug ihm alles zu, was er bedurfte und versuchte umsonst zu trösten. Endlich am dritten Tage gegen Abend trocknete er seine Tränen, griff nach dem Hute und sagte:

»Ich danke Euch, Bandler. Ihr sammelt feurige Kohlen auf mein Haupt und ich stehe beschämt vor Euch. Aber Ihr tatet mehr an mir, als Ihr gewollt. Ihr brachtet mich zur Erkenntnis meiner selbst und ich weiß, welchen Weg ich fortan gehen muß. Seid unbesorgt um mich. Ihr werdet erfahren, daß ich mich zurechtzufinden weiß. Wir sehen uns bald wieder.«

Es war bereits spät geworden und Margaretens Gatte sehnte sich nach seinem Schlafgemache, als es an der Tür klopfte und der Hausdiener einen Mann meldete, der notwendig gleich mit ihm sprechen müsse.

Der Alte sah sich unwillkürlich nach Margareten um, die an der gewohnten Stelle saß, ohne die geringste Teilnahme zu verraten und sagte:

»Zur nachtschlafenden Zeit nehme ich keine Besuche an. Er soll morgen wiederkommen.«

»Nein, nein! Ich muß Euch heute noch sprechen,« rief eine Stimme und der eben Gemeldete trat ein.

Margarete schreckte bei dem Ton dieser Stimme zusammen. Sie sah unwillkürlich auf und in das gramzerstörte Antlitz ihres Vaters.

»Dachte ich es doch!« rief der Gatte, »daß dies ein Komplott sei, mich zu überrumpeln. Auf diese Weise versucht Ihr es also, in mein Haus zu dringen, und mein Weib hat natürlich die Hand dabei im Spiel. Schade nur, daß es Euch nicht gelingt und man Euch schon die Wege weisen wird. Euch aber, holdselige Hausfrau, werde ich noch ganz besonders meine Meinung sagen.«

»Sprecht nicht weiter!« unterbrach ihn Johannes Hansen mit solcher Festigkeit im Ton, daß jener unwillkürlich schwieg. »Ich komme nicht, um mit Euch zu verkehren, oder Euch, wie Ihr meint, anzubetteln.«

»Aber Ihr bringt auch nichts. Nichts, um die große Schuld zu verringern, die Ihr noch bei mir zu stehen habt.«

»Es ist eine von den mir auferlegten Strafen, daß ich dies hören und dazu schweigen muß. Ich erschien bei Euch, um einige Worte mit meiner Tochter zu sprechen, und Ihr habt kein Recht, mir das zu wehren.«

»Aber nur in meiner Gegenwart.«

»Vermögt Ihr anzuhören, was ich zu sagen habe, will ich es Euch nicht wehren. Margarete, mein Kind, ich will mit dir reden.«

Johannes Hansen ging zu seiner Tochter, die sich zitternd erhob.

»Ich will mein Herz vor dir ausschütten. Wohl weiß ich, daß ich deine Liebe weggeworfen und meine Rechte auf dich an jenen Mann verkauft habe. Aber ich rufe dein Mitleid an, und du wirst es mir nicht verweigern.«

»Ich höre alles, was Ihr sagt!« antwortete Margarete mit leisem Beben.

»Als ich mein Letztes zusammengerafft und verloren hatte, kam ich zurück. Ich mußte. Ein Mann, den ich einst in Verzweiflung jagte, bannte mich hierher, um ein gleiches Los zu dulden. Auf dem Platze meiner ehemaligen Größe sollte ich also, ein Bild des Erbarmens, erscheinen. Ich stand da, keines Wortes mächtig. Sie wiesen mich von sich, alle, die sich früher tief vor mir gebückt hatten. Mein Kopf brannte, meine Gedanken gingen in der Irre. Da ergriff ein frommer Samariter meine Hand und übte Barmherzigkeit. Unter seinem Dache habe ich die Ruhe des Gemütes gefunden und den Weg erkannt, den ich jetzt betreten will. Ehe ich das vermag, muß es klar werden zwischen uns beiden. Ich habe dein junges Leben zerstört, Margarete. Den Mann, den du liebtest, habe ich von deinem Herzen gerissen und diesen selbst in ein großes Elend gestürzt, um meinen beleidigten Stolz zu rächen. Er ging mit einem furchtbaren Schwur und hat das Gelübde seiner Rache gehalten. Aber, das wollte ich eigentlich nicht sagen. Ach, Margarete, Kind; du mußt Geduld haben mit mir. Mein alter Kopf ist schwach.«

Die junge, bleiche Frau streckte die Hand nach ihm aus, die er rasch ergriff und an sich drückte.

»Ich will Danzig verlassen und es nie wieder betreten,« fuhr er fort. »Irgendwo wird sich ein Ort finden, wo ich mein Haupt in

Frieden niederlegen kann. Ehe ich das aber vermag, mußt du die schwerste Last von meinem Herzen nehmen.«

»Sagt mir, was ich tun soll,« sprach Margarete. »O, hättet Ihr es in früheren Tagen der Mühe wert erachtet, mir Euer Herz zu öffnen und in das meine zu blicken, es wäre wohl nie eine Unzufriedenheit zwischen uns entstanden.«

»Du hast mir deine Hand gereicht. Laß sie ein Unterpfand des Friedens sein. Ich habe dir meine Schuld bekannt und bereue von Herzen, was ich getan. Verzeihe mir, Margarete. Könnte ich nur ein Zehnteil dessen mit meinem Herzblut auslöschen, ich gäbe es willig hin. Sage mir, daß du keinen Groll hegst und ...«

»Nicht weiter, Vater!« rief Margarete lebhaft und eine helle Röte flog über ihr bleiches Gesicht. »Gott sei gepriesen, der dies alles an dir und mir getan hat. Er bricht die Eisrinde, die dein Herz um-schloß, er läßt dich menschlich empfinden und ich habe, was ich in den Tagen des äußeren Schimmers entbehrte, ich habe einen Vater, der einen Händedruck, eine Träne für sein armes vereinsamtes Kind hat.«

Sie brach in ein krampfhaftes Schluchzen aus und warf sich an seine Brust.

»Das ist zuviel für mich!« rief Johannes Hansen in lauter Herzens-freudigkeit. »Nun scheide ich getrost und beginne meine Wande-rung.«

»Aber nicht allein. Hast du mir dein Herz geöffnet und gibst mir den Vater wieder, weiß ich, was meine Pflicht erheischt. Ich trenne mich nicht von dir. Mein Arm soll dich leiten, meine Hand für dich schaffen. Wir gehen miteinander, bis der Tod uns trennt.«

»Vortrefflich!« sagte ihr Mann. »Und das alles wird in meiner Ge-genwart beredet, als ob ich nicht mehr in der Welt wäre.«

Margarete wandte sich zu ihm und sagte:

»Als ich den Fuß über Eure Schwelle setzte, habe ich jeder Freude entsagt. Seit das Unglück meinen Vater heimsuchte, habt Ihr mich mit Härte behandelt, und jedes Wort, das Ihr an mich richtetet, ent-hielt einen Vorwurf oder eine Kränkung. Hundertmal habt Ihr ge-sagt, ich wäre Euch eine Last, die Ihr gern abschütteln möchtet. Ich war so niedergebeugt durch alles Leid, daß ich nicht die Kraft hatte, eine so entehrende Kette zu zerreißen. Nun aber ist mir mit der neuen Pflicht der neue Mut zurückgegeben, und ich sage mich von Euch los.«

»Und Ihr glaubt, ich willigte ein?«

»Ich will nichts mit mir hinwegnehmen. Keinen Anspruch, welcher Art es sei, erhebe ich gegen Euch. Wenn ich Euer Haus verlassen habe, soll es für Euch sein, als wäre ich begraben. Wollt Ihr öffentlich das Band lösen, das uns verknüpfte, ich bin dazu bereit.«

»Wenn ich es täte,« sagte jener, innerlich froh, daß jetzt ohne sein Zutun geschah, was er längst gewollt und nur um der Leute willen nicht gewagt hatte. »In der ersten Zeit, wißt Ihr, als ich bei Eurem Vater um Euch warb, stellte ich ein Dokument aus – es war eine Schwachheit, aber ich tat es, obgleich das Dokument bestimmt, daß, wenn ich mich jemals von Euch trennte, so oder so, auf welche Weise es immer geschehe, ich gehalten sein solle, Euch ein Wittum zu sichern, das den vierten Teil meines Vermögens beträgt. Wenn Ihr nun geht ...«

»Behaltet Euer Geld, ohne welches Ihr bettelarm seid. Ich trage kein Verlangen danach. Wollt Ihr darin willigen, daß ich meinen Vater begleiten und nicht hierher zurückkehren darf, soll jenes Papier noch heute abend in Euern Händen sein.«

»Margarete, mein Kind! Mein teures, geliebtes Kind! Wie tief beugst du mich und richtest mich zugleich so tröstend auf.«

Sie hielten sich fest umschlungen.

Mit wachsender Freude hörte der grämelnde Alte die Worte Margaretens. Aber es regte sich doch ein leises Gefühl von Scham in ihm, das ihn hinderte, seines Herzens Meinung offen auszusprechen, darum entgegnete er zögernd:

»Wir wollen sehen, was zu tun ist. So, das begreife ich wohl, kann es am Ende nicht fortgehen, und wenig Freude möchte ich unter meinem Dache haben, wenn es eine Frau schirmte, die es für das Glück ihres Lebens erklärt, weit von mir entfernt zu sein. Eine Nacht werdet Ihr wohl noch in meinem Hause verleben können. Sehe ich dann morgen, bei ruhigem Blute, daß es Euch ernst ist mit dem, was Ihr soeben sagtet, läßt sich weiter darüber reden. Herr Johannes Hansen, habt eine geruhsame Nacht.«

Vater und Tochter trennten sich mit einem stummen Händedruck. Der erstere atmete leicht auf, als er über die ungastliche Schwelle seines Schwiegersohnes in die stille Nacht hinaustrat.

Eine geraume Zeit war seit jenem Auftritt vergangen. Die Kriegswirren hatten sich immer mehr verwickelt. Der Seemolest wurde unerträglich und bei allen Gelegenheiten war der »Danziger Totenkopf« voran.

Zu Pillau am Hafen war abermals eine lustige Bewegung. Der »Clevesche Lindenbaum« war von seiner Fahrt nach Colberg heimgekehrt und löschte allerlei Kriegsbedarf. Die Mannschaft war so eifrig damit beschäftigt, daß sie das Herannahen eines zweiten Kanonenschiffes erst gewahrte, als es innerhalb des Bereiches ihrer Geschütze lag.

Der erste Offizier stampfte mit dem Fuße und schalt mit allem Volk an Bord, daß keiner die Augen aufgeknöpft habe, während es ihm doch besonders obgelegen hätte, ein wachsames Auge zu haben. Sein Zorn verstummte indessen, als er bei genauerer Prüfung den »Danziger Totenkopf« erkannte und der Führer desselben sich an Bord des Orlogschiffes begab, um sich zu melden.

»Und nun denke ich, Herr!« sagte er, als dies geschehen, »ist die See für einige Zeit reingefegt. Ich kann in Ruhe den alten Rumpf kalfatern (verdichten) und meinem Volke gönnen, daß es die zerschlagenen Knochen heilt; denn ich muß Euch sagen, daß sie es uns nicht immer so leicht machten, wie die Herren von der Danziger Galiot, die mit vollen Segeln in die Brandung liefen, wie die Maus in die Falle, wenn sie den Speck riecht. Der vornehme Danziger Patrizier soll sich hierher geflüchtet haben und Holz hacken, Steine karren oder sonst eine ehrsame Hantierung treiben. Der ›Totenkopf‹ will seine Geschütze zu Lande bringen und den alten Rumpf kielholen (umlegen) und stellt sich für diese Zeit unter den Schutz des ›Cleveschen Lindenbaums‹. Habt guten Tag, Herr.«

Der Kaper fuhr zu Lande. Sein munterer Schiffsjunge sprang ihm entgegen.

»He, Falkauge! Hast dein Gewerbe ausgerichtet?«

»Habe es,« sagte der Bube. »Kaut an der Feder und kritzelt damit auf das Papier.«

»Schreiberknecht!« brummte Haraldsen vor sich hin. »So und so viel Buchstaben für 'n Stück Brot. Er ist weit genug herunter, denke ich.«

Er folgte dem Buben, der den Weg nach der Kammermeisterei einschlug.

Hier war es, wo Johannes Hansen nach vielen Mühen und Sorgen einen Platz gefunden hatte. Die Herren von der Kammer nahmen sonst nur junge, rüstige Leute, denen sie ein tüchtiges Tagewerk aufladen konnten. Aber es war gerade Mangel an Arbeitern und des Schreibens ist von jeher viel gewesen in der Welt.

Die Tagelöhner hinter den Schreibpulten machen es nicht besser, als die Tagelöhner auf dem Bau. Wenn die Glocke schlägt, werfen sie die Feder hin und tun keinen Strich mehr. Die Herren Kanzellare und ihre Hilfsschreiber schritten die Gasse entlang, ein mächtiges Aktenstück unter dem Arm, das als ein öffentliches Zeichen ihres häuslichen Fleißes dienen sollte. Johannes Hansen folgte ihnen und trat bald darauf in die wohnliche Stube, wo Margarete ihn mit kindlicher Herzlichkeit empfing. Als beide ihr einfaches Mahl verzehrt hatten und Johannes Hansen sein müdes Haupt in die Hand sinken ließ, verschwand Margarete leichten Schrittes aus der Stube.

Es war eine geraume Zeit still gewesen und der alte Herr schlug mit einem leisen Seufzer die Augen auf, als der Kaper unerwartet eintrat. Er betrachtete den ehemals so stolzen Kaufmann mit Hohn und fragte:

»Nun, Johannes Hansen, habe ich mein Wort gehalten?«

»Ich habe nicht geglaubt, daß ich dich wiedersehen sollte,« entgegnete jener. »Sei es. Du hast mit demselben Maße gemessen, womit ich dir maß. Wie ich dich einst von meiner Schwelle zurückwies, so stießest du mich in das dichteste Marktgewühl meiner ehemaligen Heimat, und alle, die sich sonst ehrerbietig vor mir neigten, kehrten mir stolz den Rücken zu. Diese Demütigung war mir die schmerzlichste. Sie ist überwunden und alles vorbei.«

»Meinst du?« rief Haraldsen dazwischen.

»Es ist vorbei. Du wolltest mich tief beugen und es mißlang dir. Mit meinem Glücke starb auch mein böser Sinn. Was mich traf, ist nur eine gerechte Vergeltung. Das habe ich vor dir voraus. Du hast deine Lust daran, dich an dem Unglück zu weiden und knirschest nun vor Zorn, weil du mich nicht verzweifeln siehst.«

»Du sollst doch verzweifeln. Glaube nicht, daß du so wohlfeilen Kaufes davonkommst. Du hast mir nicht nur Geld und Gut, du hast mir auch das Glück meines Herzens gestohlen.«

»Arme Margarete!« sprach der Vater. »Es war der schwärzeste Tag meines Lebens.«

»Ich bin gekommen, mit dir abzurechnen und will nicht gehen, bis ich vollständig befriedigt bin. Du hast dein Kind deinem Stolze geopfert. Ich will die Ärmste rächen, wie ich mich rächte. Ich erhebe die Hand zum Schwur...«

»Senke sie wieder, ehe der Herr sie faßt!« sagte Margarete, die zwischen ihn und den Vater trat.

»Margarete!« rief der Kaper.

»Du hast mir nicht Wort gehalten, Haraldsen!« fuhr sie fort. »Du wolltest meiner wert bleiben, und nicht ruhen, bis wir vereint wären. Das habe ich geglaubt und dieser Glaube war der einzige Trost in der Zeit meines Kummers. Du hast den Zorn durch den Zorn, die Rache durch die Rache bekämpft und bist erlegen.«

»Und das höre ich von dir? Für deine zertretene Jugend, für deine gemordeten Hoffnungen wollte ich Ersatz haben.«

»Während du den Fluch säetest, haben wir Segen geerntet. Im Unglück erschloß sich mir des Vaters Herz. Was ich in den früheren Tagen des Glanzes entbehrte, habe ich hier gefunden, seine Liebe. Du hast mit all deinem Zorn zwei Glückliche gemacht. Wird es noch nicht hell in deiner Seele?«

Haraldsen stand da, das Auge am Boden festgewurzelt. Aber es gab sich eine mächtige Bewegung in seinem Innern kund und er fuhr mit der Hand nach dem Herzen. Dann aber richtete er sich auf, sah in das Angesicht der Geliebten und sagte:

»So bist du glücklich?«

»Ich bin es. Und wenn ich noch einen Wunsch im Herzen trage, ist es der, daß du danach trachtest, es auch zu sein.«

Er antwortete nichts, sondern wandte sich nach einer Pause zu Johannes Hansen:

»Sie hat meinen festen Entschluß wankend gemacht. Ich vergesse den Eid, den ich geschworen und lasse mein Werk liegen, ehe ich es vollendet. Mehr vermag ich nicht. Fortan hast du nichts mehr von mir zu befürchten.«

Haraldsen entfernte sich. Johannes Hansen war tief erschüttert. Margarete sah dem Scheidenden mit klopfendem Herzen nach. Einmal machte sie eine rasche Bewegung, als wollte sie ihm nacheilen, ihn zurückhalten. Aber sie vermochte es nicht, und warf sich, von ihren Gefühlen überwältigt, in die Arme ihres Vaters.

Es war eine geraume Zeit verstrichen. Die Kriegsverhältnisse hatten sich geändert. Die Waffen ruhten. Die See war frei. Der »Clevesche Lindenbaum« lag abgetakelt in dem Hafen von Pillau und sein Führer hatte die Kommandantschaft von Pillau wieder übernommen. Der Danziger Totenkopf war ganz verschwunden; nirgends wo hatte man was von ihm gehört. Eines Morgens, als Johannes Hansen sich eben an sein mühsames Tagewerk begeben wollte, trat unerwartet der alte, ehrliche Bandler bei ihm ein.

»Laßt Euch meine Gegenwart nicht erschrecken, bester Herr. Ich bin der Überbringer einer guten Botschaft.«

Johannes Hansen sah den ehemaligen Diener und treuen Freund mit einem ungläubigen Lächeln an.

»Es ist eine schlimme Zeit,« meinte Bandler. »Aber Treue und Glauben sind doch nicht ganz verschwunden. Ich bringe dafür einen Beweis. Ihr erinnert Euch des vermittelten Lieferungsgeschäfts mit dem Hause Scerdzen in Warschau, wobei Ihr mit großen Summen beteiligt wart? Der Sturz jenes Hauses war der erste harte Schlag, der Euch traf. Nun, Herr, die Inhaber jener Firma haben sich wieder aufgerafft. Sie erfüllen ihre früheren Verpflichtungen so viel wie möglich, und ich bin als ihr Sachwalter beauftragt, Euch die Summe von zwanzigtausend brandenburgischen Gulden anzubieten.«

Selten sprach sich der Übergang vom stillen Kummer zum lauten Jubel beredter aus, als in dieser Stunde. Als alle ruhiger geworden, sagte Bandler:

»Ich hafte mit meinem Kopf für die Wahrheit meiner Worte. Die genannte Summe liegt in Danzig für Euch bereit. Auch ist Hoffnung vorhanden, Euer Haus zurückzuerhalten. Ihr sollt unter Eurem eignen Dache leben. Das letztere habe ich zustande gebracht, weiteres sage ich Euch später. Macht Euch nun von Euren hiesigen Verhältnissen los, damit wir sofort abreisen können.«

Das letztere war bald geschehen und am folgenden Tage erklärte Johannes Hansen, es stehe der Abreise nichts mehr im Wege. Bandler hatte für ein Schiff gesorgt und man ging noch spät abends an Bord, weil in der ersten Morgenfrühe die Abreise vor sich gehen sollte. Als der Anker gelichtet war und die Segel sich füllten, betraten die Passagiere das Verdeck. Johannes Hansen schrie auf, als er auf dem Schiffe den ihm so verhängnisvollen Kaper und in dem Manne neben dem Steuer Haraldsen erkannte.

Dieser reichte ihm die Hand und sagte:

»Dies ist der Totenkopf von Danzig und Ihr seid zum zweiten Male an seinem Bord. Doch ist die Flagge mit dem bösen Wahrzeichen verschwunden.«

Er deutete auf die Gaffel, von welcher aber die Flagge der Stadt Danzig lustig wehte.

»Eure Galioten wurden als gute Prisen aufgebracht und daran ist nichts zu ändern,« fuhr Haraldsen fort. »wenn Ihr aber den Anteil, der mir zufiel, dem beifügt, was Bandler Euch rettete, seid Ihr von jeder Not enthoben. Und nun ich Euch das mitgeteilt habe, ist mir leicht ums Herz. Was sagt Ihr, Margarete?«

Margarete antwortete nichts. Aber die helle Freude, die aus ihren Augen strahlte und die Verwirrung, mit welcher sie ihm beide Hände hinreichte, waren beredter als alle Worte.

»Die Schuldbriefe sind zerrissen hier und überall!« rief Haraldsen. »Das Besteck ist in Ordnung und wir setzen von heute an einen neuen Kurs, frische Brise und eine behaltene Reise allezeit.«

Sie reichten sich laut aufjubelnd die Hände und als die Mannschaft das Halbdeck so guter Dinge sah, stimmte sie, ohne zu wissen, weshalb, mit lautem Rufe ein, während das Schiff im raschen Laufe durch die Salzflut hinschoß.

Über tredition

Eigenes Buch veröffentlichen

tredition wurde 2006 in Hamburg gegründet und hat seither mehrere tausend Buchtitel veröffentlicht. Autoren veröffentlichen in wenigen leichten Schritten gedruckte Bücher, e-Books und audio-Books. tredition hat das Ziel, die beste und fairste Veröffentlichungsmöglichkeit für Autoren zu bieten.

tredition wurde mit der Erkenntnis gegründet, dass nur etwa jedes 200. bei Verlagen eingereichte Manuskript veröffentlicht wird. Dabei hat jedes Buch seinen Markt, also seine Leser. tredition sorgt dafür, dass für jedes Buch die Leserschaft auch erreicht wird.

Im einzigartigen Literatur-Netzwerk von tredition bieten zahlreiche Literatur-Partner (das sind Lektoren, Übersetzer, Hörbuchsprecher und Illustratoren) ihre Dienstleistung an, um Manuskripte zu verbessern oder die Vielfalt zu erhöhen. Autoren vereinbaren direkt mit den Literatur-Partnern die Konditionen ihrer Zusammenarbeit und partizipieren gemeinsam am Erfolg des Buches.

Das gesamte Verlagsprogramm von tredition ist bei allen stationären Buchhandlungen und Online-Buchhändlern wie z. B. Amazon erhältlich. e-Books stehen bei den führenden Online-Portalen (z. B. iBookstore von Apple oder Kindle von Amazon) zum Verkauf.

Einfach leicht ein Buch veröffentlichen: **www.tredition.de**

Eigene Buchreihe oder eigenen Verlag gründen

Seit 2009 bietet tredition sein Verlagskonzept auch als sogenanntes "White-Label" an. Das bedeutet, dass andere Unternehmen, Institutionen und Personen risikofrei und unkompliziert selbst zum Herausgeber von Büchern und Buchreihen unter eigener Marke werden können. tredition übernimmt dabei das komplette Herstellungs- und Distributionsrisiko.

Zahlreiche Zeitschriften-, Zeitungs- und Buchverlage, Universitäten, Forschungseinrichtungen u.v.m. nutzen diese Dienstleistung von tredition, um unter eigener Marke ohne Risiko Bücher zu verlegen.

Alle Informationen im Internet: **www.tredition.de/fuer-verlage**

tredition wurde mit mehreren Innovationspreisen ausgezeichnet, u. a. mit dem Webfuture Award und dem Innovationspreis der Buch Digitale.

tredition ist Mitglied im Börsenverein des Deutschen Buchhandels.

Dieses Werk elektronisch lesen

Dieses Werk ist Teil der Gutenberg-DE Edition DVD. Diese enthält das komplette Archiv des Projekt Gutenberg-DE. Die DVD ist im Internet erhältlich auf **http://gutenbergshop.abc.de**